Permanente Transformation

Eine extreme Gummipuppenphantasie

von William Prides

Impressum

(c) 2009 William Prides

Herstellung und Verlag: Books on Demand GmbH, Norderstedt

ISBN-13: 9783837083385

Bibliografische Information der Deutschen Nationalbibliothek

Die Deutsche Nationalbibliothek verzeichnet diese Publikation

in der Deutschen Nationalbibliografie; detaillierte bibliografische

Daten sind im Internet über http://dnb.d-nb.de abrufbar.

Inhalt

Vorwort

Diese Geschichte ist Fiktion. Manche wieder umkehrbare Dinge darin ließen sich noch in die Realität umsetzen, die unumkehrbaren sollten reine Auswüchse der Phantasie bleiben. Geschichten dieser Art werden von den einen verschlungen, von den anderen als krank und abartig verurteilt. Gäbe es aber diese Freiheit der Gedanken nicht, durch die der Einzelne seine Sehnsüchte durchleben kann, dann gäbe es mehr Verbrechen. Es verhält sich hier genauso wie mit Schnellrestaurants oder Bordellen - angeblich besucht sie niemand, aber eines Tages trifft man dort seinen Arzt, Arbeitskollegen oder Nachbarn. Warum gehen Menschen ins Kino und konsumieren dort einen Horrorfilm? Weil es die Emotionen genauso anspricht wie die Realität, aber der Kauf der Kinokarte gleichzeitig die beruhigende Gewißheit bringt, daß einem nicht wirklich etwas zustößt. In diesem Sinne wünsche ich gleichermaßen eine anregende Lektüre als auch wohlwollendes Verständnis für die Menschen, deren Phantasie Ihnen möglicherweise unfaßbar ist.

1 - Eine Zufallsbekanntschaft

Natalie schaute mich fragend an. Ich glaubte kaum, was ich eben gehört hatte. Sie wollte unbedingt ihre Arme in einem perfekten Reverse Prayer* gebunden haben. Wir hatten es bereits einige Male versucht, jedoch waren ihre Schmerzen dabei so unerträglich gewesen, daß ich immer wieder abbrach.

„Wir werden einige Vorbereitungen treffen müssen. Bist Du Dir wirklich sicher?"
„Jetzt mach mich nicht unsicher, Bernd. Oft genug haben wir es bisher versucht."
„Ja, aber Du kennst die Schmerzen."
„Du mußt mich halt knebeln."
„Es wird einige Zeit dauern, deine Arme in die richtige Position zu bringen. Wie lange soll denn der Knebel drin bleiben?"
„Dann müssen wir eben einen ganz besonderen Knebel nehmen. Ich habe da neulich im Internet einen interessanten Beitrag gelesen. Da hat jemand für seine Sklavin einen speziellen Knebel angefertigt. Dieser soll nicht nur eine hundertprozentige Wirkung haben, er kann auch über längere Zeit am Platz bleiben und ist zudem von außen kaum zu sehen."
„Ich habe davon gehört, kann mir aber nicht vorstellen, wie er funktionieren soll. Wo könnten wir uns das Wunderding denn einmal ansehen?"
Ich sah Natalie zweifelnd an.
„Ich hab die Mail-Adresse. Soll ich einen Termin machen?"

Einige Tage darauf waren wir auf dem Weg, die Anschrift lag wenige Stunden mit dem Auto entfernt. Natalie saß merkwürdig ruhig auf dem Rücksitz. Sie hatte sich in ein enges schwarzes Gummikleid und Pumps mit hohen Absätzen und Fesselriemchen gezwängt. Ihre Taille war durch ein steifes Latexmieder stark eingeengt, so daß sie kaum richtig Luft bekam, aber lange Spaziergänge hatten wir ja auch nicht vor. Wir hatten den Rücksitz wegen der hinten abgedunkelten Scheiben gewählt, denn nicht jeder zufällige Betrachter kann mit derlei Vorlieben umgehen. Immer wenn ich in den Spiegel sah, wurde es mir warm ums Herz und eng in der Hose. An der Zieladresse fanden wir ein gepflegtes Reihenhaus vor. Wir fragten uns, ob wir in dieser netten, aber nichtssagenden Umgebung, die ein wenig an die heile Welt einer Modelleisenbahnlandschaft erinnerte, das finden würden, wonach wir suchten.
Ich half Natalie beim Aussteigen, nicht weil ich Kavalier der alten Schule bin, sondern weil sie wegen der Korsage in ihrer Bewe-gungsfreiheit doch ziemlich eingeschränkt war. Auch wenn es nahe liegt, Natalie war nicht meine Sklavin, wir hatten nur gemeinsam Spaß an SM-Spielen und fuhren beide wahnsinnig auf Latex ab. Natalie hatte darüber hinaus eine besondere Vorliebe für das Gefühl der Hilflosigkeit, was sich momentan in der Wahl ihrer Kleidung sichtbar und begehrenswert ausdrückte.

Es öffnete uns ein kleiner untersetzter Mann, so ungefähr Ende fünfzig, nicht fein, aber auch nicht schlampig gekleidet, auf den ersten Blick der Typ eines braven Bürgers. Lediglich seine hellwachen Augen fielen uns auf, die zu jemand paßten, der entweder den Schalk im Nacken sitzen hat oder der sich seinen Mitmenschen gegenüber als überlegen einschätzt. Wir stellten uns vor und er begrüßte uns als Dieter. Er führte uns ins Wohnzimmer, wo seine Frau saß, ungefähr gleich alt, auch wenn sich dies nicht mit Sicherheit sagen ließ. Sie war komplett in Latex gekleidet und hatte scheinbar eine Maske auf, denn sie erwiderte unseren Gruß nicht und ihr Gesicht erschien irgendwie seltsam puppenhaft.

„Meine Frau kann nicht sprechen. In die Maske ist ein Knebel eingearbeitet."
„Es ist vom Knebel aber nichts zu sehen. Auch die Maske ist recht natürlich", sagte Natalie.
„Das sollte sie auch, denn die Maske ist eine Spezialanfertigung und für dauerhaftes Tragen gedacht."
„Dauerhaft? Wie lange hat Ihre Frau die Maske denn schon auf?"
Ich ging etwas näher zu Dieters Frau und musterte die Maske.
„Ein gutes halbes Jahr ist es jetzt her. Es ist ein Meisterwerk, nicht wahr?"
„Ist es denn nicht unangenehm, ich meine Latex so lange auf der Haut zu tragen? Sie muß doch darunter schwitzen."
„Ich hab sie nie gefragt, sie könnte ja sowieso nicht antworten. Wir haben dies lange geplant und ein Freund hat bei der Realisierung geholfen. Wir haben sämtliche Körperbehaarung unwiderbringlich entfernt und sind dann noch einen Schritt weiter gegangen."

„Einen Schritt weiter?" Natalie sah Dieter ungläubig an.
„Ja, sie hat keine Zähne mehr. Es war ein Wunsch von mir, dem sie nicht widersprechen konnte. Erst so ist es das absolute Gefühl beim Oralsex."
Ich musterte ihren Kopf aus nächster Nähe.
„Fassen sie ihren Kopf ruhig an, sie beißt nicht."
Er schmunzelte dabei über seinen Witz, ich wußte nicht, was ich davon halten sollte.
Ich tastete vorsichtig ihren Kopf ab. Das Gummi fühlte sich weich und warm an. Ich steckte meinen Zeigefinger zwischen ihre dicken Latexlippen und sie öffnete bereitwillig ihren Mund. Der gesamte Rachenraum war mit rosa Gummi ausgekleidet und die Zähne waren aus einem weichen glänzenden Gummi.
„Wie lange soll sie die Maske noch tragen?" fragte ich Dieter.
„Eigentlich permanent. Es sei denn, die Maske wird irgendwie beschädigt. Sie ist mit einem Biokleber fest mit der Haut verbunden. Selbst wenn sie ihre Hände benutzen könnte, sie könnte die Maske nicht entfernen."
„Es ist unglaublich, daß sie das selbst wollte."
„Ganz von sich aus hätte sie es bestimmt nicht gewollt. Aber wie gesagt, sie konnte meinen Wünschen nicht widersprechen. Aber das ist eine andere Geschichte."

Er erzählte uns, daß sie einem SM-Kreis angehörten, der sich auf permanente Körpermodifikation spezialisiert hatte. Hierzu zählte nicht nur das permanente Enthaaren, Entfernung der Zähne usw., auch jede andere denkbare Modifikation sei denkbar. Das sei zwar nicht ganz billig, aber die Möglichkeiten seien vorhanden. Einige Mitglieder hatten sich so eine Partnerin erschaffen, die mehr Ähnlichkeit mit einer Barbie-Puppe hatte als mit einer normalen Frau. Einzige Voraussetzung sei ein gewisser finanzieller Spielraum, da die Frau anschließend betreut und versorgt werden müsse. Ein normales Leben im landläufigen Sinne sei ja anschließend kaum mehr möglich. Kurz gesagt, es handle sich um eine permanente Transformation.

Wir unterhielten uns dann weiter über unsere Wünsche. Natalie sah mich seltsam an und stupste mich in die Seite. Diesen Schlafzimmerblick von ihr kannte ich nur zu gut.
„Ich will auch so eine Maske haben. Wäre doch geil, oder?"
Dieter schien dies mitzubekommen und lächelte wissend, da waren wieder seine Augen, die etwas ausstrahlten, was meine Gedanken nicht erfassen konnten.
„Wenn Ihre Frau so auf Hilflosigkeit steht wie sie berichtet haben, ist der Wunsch nur allzu verständlich. Wenn die weiteren Voraussetzungen erfüllt sind, ist alles möglich. Das wollen Sie doch?"

Natalie nickte nur kurz und ich drückte entschlossen ihre Hand.

„Ich werde Ihnen nun einen Überblick geben, was alles möglich ist."
Dieter schaltete einen Computer ein und zeigte uns Bilder aus dem SM-Kreis.
„Die meisten der Mitglieder stehen auf Latex und Gummi. Die Bilder zeigen überwiegend Frauen, obwohl es auch etliche Männer gibt, die sich umgestalten lassen, die aufgrund ihres Körpers mit her-kömmlichen Methoden niemals zur Frau werden könnten. Alles, was Sie jetzt sehen werden, geht über eine Schönheits-operation weit hinaus und ist darüber hinaus meist auch nicht mehr umkehrbar, darüber sollten Sie sich im Klaren sein. Vielleicht kommen Ihnen anfangs moralische Bedenken, aber Sie sollten sich eines klar machen: Wir gehen nur über die Grenzen hinaus, die die Gesellschaft Ihnen anerzogen hat. Die Gesellschaft regt sich nicht über Models auf, die sich riesige Brüste operieren lassen, Schönheitsoperationen sind in Mode, sich die Füße mit High Heels zu deformieren ist chic und Tätowierungen sind auch seit langem gesellschaftsfähig. Wo diese Dinge enden, fangen wir an."

Auf dem Monitor erschien das Bild einer Frau mittleren Alters, um die Vierzig. Sie war zierlich gebaut und nicht sehr groß.
„Das ist Lydia. Lydia ist 49 und hat einen Freund, der wesentlich jünger ist. Gefunden haben sich die beiden über ihre Passion für Latex. Da Lydia ihr Alter irgendwann nicht mehr verheimlichen konnte, entschloß sie sich, sich zweitweise (so glaubte sie jedenfalls) komplett in Gummi einschließen zu lassen. Ich sage hier

ausdrücklich Gummi, da Latex dafür nicht geeignet ist. Gummi ist wesentlich robuster und auch über Jahre haltbar."

Es erschienen Detailbilder Lydias, die die einzelnen Stadien der Verwandlung zeigten. „Im Kopfbereich wurde im Wesentlichen das gleiche gemacht, wie bei meiner Partnerin. Die Luftröhre und Speiseröhre wurde ausgekleidet, ein Ventil am Mageneingang ist hier wichtig, es verhindert unangenehmen Geruch. Im Bereich der Stimmbänder ist der Schlauch doppelwandig und dient als Knebel. Da keine Luft an die Stimmbänder kommt, ist dies sehr effektiv. Der ultimative Knebel."

Eine Animation zeigte die Verschlauchung im Körperinneren. „Natürlich wurden die Zähne entfernt, ebenso die Ohrmuscheln und die Augenlider. Alles wurde später durch Imitate aus Gummi optisch wieder hergestellt. Die Schläuche bilden übrigens eine Einheit mit der Maske. Doch nun zu der eigentlichen Maske. Das Gummi ist unterschiedlich dick, je nach Anforderung, jedoch nie weniger als 0,5 mm, an den meisten Stellen 2 bis 4 mm. Die Maske ist so gearbeitet, dass sie um einiges kleiner als der Kopf ist, bei der Dicke des Gummis ist dies nicht nur unangenehm, sondern auch schmerzhaft. Schmerzhaft geweitete Augen in einem ansonsten lächelnden Gesicht sind für viele uns ein besonderer Genuß. Lydia mag dies anders sehen, doch wir haben ihr über die Maske zuvor recht wenig gesagt."

Das nächste Bild zeigte Lydia in einer Art Zahnarztstuhl schlafend. Auffällig war nur das Fehlen der Ohren und Augenlider an dem total kahlen Kopf. „Lydia befindet sich zu diesem Zeitpunkt in Vollnarkose. Dies gab uns die Gelegenheit, die Maske ohne jede Gegenwehr in die richtige Position zu bringen. Die Maske ist bis auf die Augenöffnungen komplett geschlossen und aus einem Guß. Jede Art von Verschluß würde den perfekten Eindruck zerstören. Auch wäre das Schließen nur über eine aufwendige Schnürung möglich, da die Maske wie gesagt ein paar Nummern zu klein ist. Die Maske kommt nun in eine Hilfskonstruktion, die es ermöglicht, Lydias Kopf hineinzubekommen."

Eine Art Goldfischglas wurde sichtbar. In dieses wurde nun die Maske gelegt, dann ein Ring in den Halsausschnitt eingelegt, der anschließend geweitet wurde. Aus der Halskrause hingen nun deutlich sichtbar die Schläuche für Luft- und Speiseröhre heraus. „Die Luft wird nun zwischen Maske und Glasbehälter abgesaugt, wodurch die Maske sich ausdehnt. Anschließend werden die Schläuche an die richtigen Stellen gebracht und das Ganze über Lydias Kopf gestülpt. Immer wieder wird der richtige Sitz geprüft, da ein späteres Entfernen der Maske nicht mehr möglich ist. Der Klebstoff dient hierbei auch als Gleitmittel. Einige Mitglieder haben ihren Frauen den Klebstoff auch als solches vorgetäuscht. Da gab es einige Überraschungen, als es später kein Zurück mehr gab."

Ich sah aus den Augenwinkeln, wie Natalie sich in den Schritt griff. Die Bilder schienen sie richtig anzumachen. Auf den nächsten Aufnahmen sah man, wie die Glaskuppel entfernt wurde und das Gummi faltenfrei an Lydias Kopf anlag. Eine Frau drückte die Maske in die endgültige Position und prüfte noch ein letztes Mal die Schläuche. Lydias Mundraum war nun gefüllt mit rosa Gummi und weichem Schaumgummi. Die Lippen waren leicht geöffnet und man sah die falschen Zähne.

„Als Lydia aufwachte und die Narkose nachließ, versuchte sie verzweifelt, sich die Maske vom Kopf zu reißen. Doch dafür war es schon lange zu spät. Irgendwann beruhigte sie sich dann wieder. Aber egal..."

Es folgten weitere Bilder Lydias. Zwischen diesen Bildern lagen größere Zeiträume, wie das eingeblendete Datum verriet. Die Augen unter den künstlichen Gummilidern waren feucht, im Widerspruch dazu war ein wunderschönes Lächeln auf dem Gesicht zu sehen. Das Gesicht war das eines 23-jährigen Mädchens.

„Der komplette Vorgang dauerte mehrere Wochen und wurde immer wieder durch Heilungs- und Gewöhnungsphasen unterbrochen. Auf den nächsten Bildern sehen sie Lydia nach weiteren Operationen. Angefangen mit der Entfernung der untersten drei Rippen, das Trennen mehrerer Sehnen im Handbereich, Verkürzen einiger Sehnen in den Beinen, so daß sie nur noch auf Zehenspitzen laufen kann, bis zur Entfernung der kleinen Zehen."

"Um einen möglichst kleinen Taillenumfang zu bekommen, wurden auch die Geschlechtsorgane entfernt, aber das spielt in Lydias Alter eh keine Rolle mehr. Durch die Rippenentfernung ist eine Taille von 35 cm möglich. Gerade bei kleinen Frauen ist dies oft schwierig, da der Abstand von Brustkorb zu den Hüftknochen zu gering ist. Daß auch die Brüste umoperiert wurden muß ich nicht betonen."
„Aber von einer Brustvergrößerung ist doch gar nichts zu sehen", sagte Natalie.
„Dazu werde ich später noch etwas sagen. Doch nun zum Gummianzug. Wie bei der Maske ist hier auch alles aus einem Stück und an einigen Stellen sehr dick. Diesmal wird jedoch nicht der Druck außerhalb des Anzugs reduziert, sondern im Inneren erhöht. Dazu verwenden wir eine Art eiserne Lunge."
Lydia wurde nun in einen großen Kasten mit gläsernem Deckel gelegt. Diesmal jedoch ohne Narkose, da sie sich selbst in den Anzug begeben mußte.
„Was ist, wenn Lydia keine Anstalten macht, in den Anzug zu gehen?" fragte ich.
„Dazu wird es nicht kommen. Im Boden des Gerätes sind Kontakte, die empfindliche elektrische Schläge versetzen können. Glauben Sie mir, spätestens beim dritten Schlag geht sie bereitwillig in den Anzug."

Obwohl der Anzug auch wieder kleiner war als Lydia, blähte er sich an den meisten Stellen auf. Lediglich an der Taille war kaum eine Veränderung zu sehen.
„Wieso bleibt der Bereich um die Taille so eng?"
„Das Gummi ist hier extrem dick, so an die 8 mm. Dadurch dehnt es sich hier nur minimal. An der Oberfläche gemessen ist der Umfang gerade mal 33 cm, im Inneren noch einen weniger. In den Anzug sind hier Gewinde eingelassen, in diese kann man Gewindestangen einsetzen, die mit einem starken äußeren Metallreif verbunden werden. Dieser erlaubt es uns, die Taille kurzfristig auf über fünfzig Zentimeter zu erweitern. Wenn Lydia hier durch ist, wird die Verschraubung wieder gelöst und der Anzug nimmt seine alten Maße wieder ein. Besonderes Augenmerk sollten Sie auf den Genitalbereich werfen. Hier befinden sich Einsätze, die einer Vagina nachgebildet sind. Auf Lydias Seite sind diese jedoch extrem dick, etwa so dick wie eine Ein-Liter-Limonadenflasche. Für Lydia wahrlich keine angenehme Sache, wir haben es ihr zuvor absichtlich nicht ausführlich beschrieben. Ist sie erst einmal mit dem Unterleib durch die Taille, bleibt keine Wahl mehr, die Einsätze werden ihren Weg in die richtigen Öffnungen finden, ob sie will oder nicht."

„Wie erfolgen dann zukünftig menschliche Bedürfnisse?" fragte ich.
„Der Ausgang der Harnblase ist umgeleitet direkt in den Darm, sie wird sich zukünftig immer selbst klistieren. Im hinteren Einsatz ist zusätzlich zur Gummivagina noch ein Anschluß für die Entsorgung vorhanden."

„Jetzt mal im Ernst, ist das denn wirklich möglich?" fragte Natalie Dieter ungläubig. „Wie lange soll es denn ein Mensch in so einem Anzug aushalten?"

„Ehrlich gesagt, wir wissen es nicht und wir fragen auch nicht danach. Ist der Entschluß einmal gefaßt, wird er auch umgesetzt. Lydia ist inzwischen seit über drei Jahren in diesem Anzug. Mit ihrem Freund ist sie allerdings nicht mehr zusammen, er konnte die Unterhaltskosten nicht mehr aufbringen. Lydia wurde an einen gut betuchten Mann aus der Medienbranche verkauft, steht dem SM-Kreis aber jederzeit zur Verfügung. Möchten Sie Lydia kennenlernen?"

Ich sah Natalie kurz an und wir waren uns einig. Kurz entschlossen übernachteten wir bei Dieter und seiner Frau. In der Nacht trieben mich meine Phantasien um. Auch Natalie erging es nicht anders. Zu bizarr und erregend war das, was wir gestern gesehen hatten. Nach einem wunderbaren Ritt auf Natalie schlief ich schließlich ein.

Ein merkwürdiges Gefühl ließ mich jedoch bald wieder aufwachen. Neben mir fühlte ich eine in Latex gekleidete Person und instinktiv begann ich sie zu streicheln. Ich bemerkte, daß es Dieters Frau war und nicht Natalie. Ich schaltete das Licht ein und betrachtete Dieters Frau. Sie lächelte mich an, was jedoch vermutlich nur durch die Gummimaske so erschien. Sie war vom Kopf bis zu den Zehenspitzen komplett in hautfarbenes Gummi verpackt. Bei genauerem Hinsehen sah ich die Gewinde an der Taille. Die Erinnerungen an die Aufnahmen von gestern kamen zurück und ich fand schnell heraus, daß Dieters Frau ebenfalls komplett gummiert war. Die Schamlippen sahen täuschend echt aus und am gesamten Körper war nicht eine Naht zu sehen, bis auf eine winzige, kaum wahrnehmbare am Hals, wo Maske und Anzug überlappten.

Dieters Frau - ihr eigentlicher Name war nie genannt worden - drehte sich zu mir und begann mich ebenfalls zu streicheln. An den Fingerspitzen waren wunderbar manikürte Fingernägel aus Hartplastik, mit denen sie mich sanft kratzte. Ich wurde sofort wieder geil und hatte den Fick meines Lebens. Die Gummimuschi übertraf alles, was ich bis dahin erlebt hatte und meine Hände konnten problemlos die Taille der Gummipuppe umschließen. Obwohl sie mich durch sanfte Bewegungen schnell zum Orgasmus brachte, wirkte sie selbst merkwürdig unbeteiligt. Aber das bildete ich mir sicher nur ein, es lag bestimmt an der Maske, die außer dem Lächeln kaum eine Regung zuließ. Nach dem x-ten Orgasmus schlief ich erschöpft auf diesem Gummi-Traumwesen ein.

Als ich am Morgen erwachte, lag ich allein im Bett. Von Natalie und auch von Dieters Frau keine Spur. Ich kleidete mich flüchtig an und traf Dieter in der Küche beim Frühstück.

„Na, wie war die letzte Nacht? Viel Spaß gehabt?" Dieter sah mich schmunzelnd an.
„Sehr sogar. Deine Frau ist der reinste Wahnsinn. So in Fahrt war ich noch nie."
„Das kannst Du öfter haben, du brauchst es nur zu wollen."
„Und ob ich es will. Aber wäre es denn machbar? Ich meine, ich bin nicht superreich und so."
„Da gibt es Mittel und Wege der Finanzierung. Es geht vielen Mitgliedern so, daß die Frauen anschließend die erreichten Ziele abarbeiten müssen. Je bizarrer die Frau ist, desto leichter ist es, potente Kunden zu finden."
„Du redest doch nicht etwa über Prostitution? So etwas würde Natalie nie tun."
„Hast Du eine Ahnung. Und wenn schon, welche Wahl hat sie denn?"
Er sah mich mit einem merkwürdigen Lächeln an. „Übrigens, Deine Natalie befindet sich schon mitten in der Vorbereitung. Du mußt mir nur noch sagen, was Du genau willst. Wie extrem willst Du sie denn haben?"
„Und was hat Natalie dazu gesagt?"
„Ich hab Dir gestern gesagt, daß wenn es einmal ausgesprochen wird, es auch auf jeden Fall durchgezogen wird, oder nicht?"
Mir blieb die Luft weg. Ich brachte kein Wort heraus.

„Nun krieg Dich mal wieder ein. Es war doch schön letzte Nacht mit meiner Gummipuppe, oder?"
Er schaute mir direkt in die Augen. Was sollte ich sagen? Na klar war es schön, es war riesig, das Geilste was ich je erlebt hatte. Ich konnte nur leicht nicken. Aber ich hatte nie damit gerechnet, daß

meine Träume eines Tages real werden könnten, und schon gar nicht so brutal plötzlich.
„Na siehst Du. Also jetzt mal Klartext, Du möchtest doch auch so eine Gummipuppe haben. Ich kann Dir noch ein paar Extras zeigen, die Dir bestimmt gefallen. Komm einfach mal mit."

Ich folgte ihm in den Keller. Insgeheim hoffte ich hier Natalie zu finden, doch dies bewahrheitete sich nicht. Der Keller wäre für einen Operationssaal auch zu klein gewesen, offenbar hatte man sie nachts fortgeschafft. Statt dessen zeigte er mir etliche Dinge aus Gummi.

„Weißt du, viele Frauen empfinden Schmerz als etwas Stimulierendes, auch wenn sie es nie zugeben würden. Gestern habe ich euch schon einige Erfindungen am Beispiel Lydias gezeigt. Doch es gibt da auch kleine Besonderheiten. Beispielsweise die Vaginaleinsätze. Die gibt es mit und ohne Gefühl. Meine Puppe hat welche ohne Gefühl. Im inneren der Einsätze ist ein Gel, in dem magnetische Kugeln sind. Dies erzeugt ein wunderbares Kribbeln für den Mann. Die Frau merkt hiervon natürlich nichts. Vom Zeitpunkt der Gummierung an lebt sie in sexueller Frustration, das heißt, sie spürt vom Sex nichts."
„Und was ist bei Einsätzen mit Gefühl?"
„Die erzeugen ein sehr intensives Gefühl bei der Frau, wenn der Mann eindringt, und zwar einen intensiven Schmerz. Wir haben mehrere Varianten ausgetüftelt, von Stacheln die in die Vaginalwände eindringen bis hin zu Elektroschocks. Wirkungsvoll war letztlich eine Kombination von beidem. Da jedoch Nerven bei intensivem und anhaltendem Schmerz schnell abstumpfen, ist es nötig, daß die Frau sich regenerieren kann. Wir haben deshalb in den Einsatz kleine Kanäle eingearbeitet, durch den beispielsweise eine Salbe die Wunden versorgen kann. Eines unserer Mitglieder hatte dann jedoch die Idee, was mit Salbe geht, geht auch mit gemeinen Dingen, zum Beispiel extra scharfem Senf oder Tabasco. Auch wenn die Frau nicht mehr schreien kann, die Wirkung läßt sich nicht verbergen. Manche Frauen haben so einen wahren Höllenritt erlebt."
„Das ist aber sehr extrem. Ich glaube kaum, daß ich Natalie das antun kann."
„Bedenk bitte, daß Natalie mehrere Jahre komplett in Gummi verpackt sein wird. Gönn ihr den Spaß und ein wenig Abwechslung. Die Elektroschocks können übrigens jederzeit abgeschaltet werden."

Als nächstes zeigte er mir einen kleinen Ballon. Er nahm eine Handpumpe und drückte einige Male. Der Ballon gewann schnell an Größe.
„Dies ist nicht etwa ein Ballonknebel. Über dieses Stadium sind wir mit unserer Knebeltechnik weit hinaus. Dieser Ballon wird in die Brust der Frau eingesetzt. So läßt sich später jede Körbchengröße einstellen. Natürlich ist die Dehnung für die Frau nicht gerade angenehm, sagen wir lieber extrem schmerzhaft. All diese Sachen haben wir entwickelt mit nur einem Ziel: Eine Frau, die nur noch ein Gefühl kennt, SCHMERZ."

Er grinste dabei über beide Ohren. Auch wenn sich einiges in mir sträubte, ich wurde mit jedem Teil, das er mir zeigte, geiler. Bisher hatte ich nie daran gedacht, eine Frau zu quälen, erschien es mir doch unmöglich, daß eine Frau sich so behandeln ließ. Doch langsam kroch mein Unterbewußtsein hervor, welches der Verstand bislang in Schach gehalten hatte, und witterte seine Chance. So wie Dieter das Ganze darstellte, welche Wahl hatte Natalie? Und außerdem hatte sie schon immer Hilflosigkeit als aufgeilend empfunden. Je mehr, desto besser. Hier ergab sich für mich eine Möglichkeit, auf einmal alle bizarren, um nicht zu sagen perversen Gelüste Realität werden zu lassen.

„OK, dann mal Klartext, Dieter. Du hast mich überzeugt...."

Mitten in der Nacht hörte ich ein Geräusch. Erschöpft vom Sex mit Bernd kam ich nur langsam zu mir. Neben dem Bett standen zwei weibliche Gestalten, komplett in schwarzes Gummi gekleidet. Obwohl ich die Gesichter hinter den Masken nicht sehen konnte, wußte ich, daß es sich um Frauen handelte, wegen der weiblichen Formen, um nicht zu sagen, der extremen weiblichen Formen. Bevor ich etwas sagen konnte, drückte mir die eine etwas ins Gesicht, dann wurde alles schwarz.

Ich erwachte in einem grell erleuchteten weißen Raum. Ich wollte die Augen schließen, was jedoch nicht möglich war. Alles tat weh, mein ganzer Kopf schmerzte. Ich versuchte etwas zu sagen, brachte jedoch nur ein Röcheln hervor. Auch bewegen konnte ich mich nicht. In meinem Blickfeld erschien ein komplett in weißes Gummi gekleidetes Wesen. Es betastete meinen Kopf und streichelte sanft darüber. Es fühlte sich merkwürdig an. Langsam kehrten die Erinnerungen an gestern zurück. Ich mußte an Lydia denken, wie sie ebenso dalag, kurz bevor man ihr die Maske aufsetzte. Das Wesen in weiß setzte mir eine Art Sauerstoffmaske aufs Gesicht, dann wurde es wieder dunkel.

Als ich wieder erwachte, lag ich in einem Bett. Merkwürdig leicht und benommen fühlte ich mich. Ich versuchte festzustellen wie spät es war, hatte jedoch kein Zeitgefühl mehr. Ich tastete nach meinem Kopf und berührte mit den Fingern glattes Gummi. Gummi, wo ich auch hinfaßte. Erst am Hals war eine kleine Wulst zu ertasten. Ich hatte also die Maske bereits aufgesetzt bekommen. Ich versuchte zu sprechen, aber kein Laut drang aus meinem Mund. Dann versuchte ich mit den Fingern unter den Rand der Maske zu kommen, jedoch ohne Erfolg. Die Maske saß fest und faltenlos an meinem Kopf.

Ich mußte an Lydia denken und daran, daß ihre Maske ja um einiges zu klein war. Dieter hatte erzählt, daß dies auf Dauer sehr schmerzhaft sei. Natürlich auf Dauer, denn die Maske war ja nun permanenter Bestandteil von mir. Langsam sank ich wieder in den Schlaf.

Ich erwachte vor Schmerz. Mein Kopf schien zu bersten. Ich fuhr mit den Händen zum Kopf um mir die Maske herunter zu reißen, jedoch ohne den geringsten Erfolg. Die Schmerzen waren einfach nicht auszuhalten. Ich wollte schreien, jedoch auch hier ohne den geringsten Erfolg. Als ich aus dem Bett sprang, ging die Tür auf und ein Mann, gekleidet wie ein Arzt und zwei weibliche Gestalten mit Gummimasken, Gasmasken nicht unähnlich, packten mich.

„Nun Natalie, willkommen in der Welt des Schmerzes. Dieter hat Dir sicher das Video von Lydia gezeigt. Glaub mir, sie hat sich längst damit abgefunden. Du wirst das auch schaffen."
Nach einem erfolglosen Versuch der Gegenwehr war ich am Bett fixiert. Ich sah den Arzt flehend an, jedoch ohne ihm eine Rührung entlocken zu können. Sein Gesicht sah im Verhältnis zu seinem Alter verbraucht aus. Entweder hatte er Schicksalsschläge hinnehmen müssen oder sich selbst irgendwie ruiniert. Welcher normale Mediziner würde auch hier mitmischen wollen. Jedenfalls spürte ich, daß er mit sich selbst irgendwie abgeschlossen hatte, und das bedeutete, daß er auch anderen Menschen gegenüber keine Rücksicht walten lassen würde.
„Wir haben es uns zum Ziel gemacht, Frauen so herzurichten, daß sie eigentlich nur noch ein Gefühl kennen: SCHMERZ. Du stehst erst am Anfang, du bist ja erst zwei Wochen hier."
Zwei Wochen, ich war doch in der Zwischenzeit nur zweimal kurz wach gewesen. Das konnte doch nicht sein. Ich erwartete jeden Augenblick, daß Bernd zur Tür hinein kam und mich von hier befreite oder daß ich aus diesem Traum erwachte, doch beides erfüllte sich nicht.

„Bernd hat sich noch einige Besonderheiten für Dich ausgedacht. Kaum zu glauben, daß er uns erst vor kurzem kennengelernt hat. Ich muß schon sagen, alle Achtung was er sich so für dich wünscht, er hat Geschmack. Morgen werden wir dich wieder ins Traumland schicken. Das komplette Programm, Brüste, Sehnen, Rippen und so weiter. Du wirst schon sehen. Du solltest dich auf die Narkose freuen, sie ist für dich eine Möglichkeit für einen begrenzten Zeitraum schmerzfrei zu sein. Ach, bevor ich es vergesse, Bernd hat für dich schwarzes Gummi ausgewählt. Ein Aufenthalt in der Öffentlichkeit wird dir also ohne weiteres kaum noch möglich sein."

Meine Gedanken überschlugen sich. Wie konnte Bernd mir das antun. Ich versuchte mich in eine Art Trance zu versetzen, was mir jedoch nur bedingt gelang.

Irgendwann kam eine der Gummigestalten und steckte einen Schlauch in meinen Mund. Kurz darauf spürte ich, wie sich mein Magen füllte. Der Schlauch wurde entfernt und es begann in meinem Unterleib zu rumoren. Ich spürte starken Druck im Darm, den ich nur kurzfristig zurückhalten konnte, dann entleerte ich mich ins Bett, die Latexbettwäsche erfüllte also auch einen praktischen Zweck. Irgendwann schlief ich trotz der Schmerzen total erschöpft ein.

Ich ging mit Dieter ins Wohnzimmer, wo wir es uns vor dem Kamin bequem machten.

„Na, dann erzähl mal, was hast Du für Vorstellungen."

„Also, ich meine, also wenn irgend etwas nicht möglich ist, na also zu extrem ist ..." Ich stotterte und brachte keinen zusammenhängenden Satz heraus. Dieter ergriff meinen Unterarm und meinte, ich solle erst mal tief durchatmen.

„Also noch mal von ganz vorn. Hab keine Angst, so wie du da jetzt sitzt, so erging es schon vielen."

Meine Güte, schon vielen. Wie viele Frauen gibt es denn wohl, die in Gummi gefangen sind und von deren Existenz niemand etwas ahnt? Langsam kam mir dies wie eine Verschwörungstheorie vor, nur daß ich mittendrin im realen Geschehen saß. Oder wissen viel mehr Menschen davon als ich glaubte, und ich war bisher nur zu dämlich, es herauszufinden? Egal, diese einmalige Chance durfte ich nicht verpassen.

„Also, ich hab mir vorgestellt, daß mich schwarzes Latex am meisten anmacht. Das ist doch kein Problem oder?"

„Nein, nein, von transparent bis schwarz, jede Farbe ist möglich. Nur Mut..."

„Die Einsätze, die sollten die mit Gefühl sein. Wenn möglich, so große wie möglich. Oder besser solche, die später in der Größe mitwachsen. Natalie sollte natürlich auch auf irrsinnig hohen Absätzen laufen. Ich denke da an 15 cm oder wenn es geht etwas höher."

„Das ist kein Problem. Einige Frauen haben auch Ballettstiefel als Schuhwerk. Doch dies ist nur bedingt alltagstauglich. Eine haben wir sogar mit winzigen Ponyhufen versehen."

„Nein, normale Absätze sollten es schon sein, die genaue Höhe kann ja auch später mit den Schuhen festgelegt werden."

„Kann, muß aber nicht. Ein Schuh mit solch hohem Absatz braucht festen Halt. Ich meine, jede Frau braucht eine feste Bindung."

Er lachte wieder über den Scherz, mir war jedoch nicht danach. Mein Herz raste und ich konnte kaum meine Gedanken zusammenhalten. Es fiel mir jedoch zumehmend leichter, darüber zu reden.

„Was ich gemeint habe, ist daß wir Natalie auch gleich permanente Schuhe anpassen können. Diese sind absolut verschleißfrei aus bestem Edelstahl und natürlich fest mir ihr verbunden.
Der besondere Pfiff dabei ist, daß es hierbei möglich ist, den Schuh absichtlich etwas kleiner zu wählen. Gehen ist absolut unangenehm und es erfordert etwas Überwindung, aber schließlich soll sie ja auch nicht von dir fortlaufen, sondern nur noch zu deinem Amüsement etwas herumtrippeln können, oder?"

„O.k., ich erinnere mich, daß Du bei Lydia etwas gesagt hast über ihre kleinen Zehen. Was hat es damit auf sich?"

„Nun, wenn der kleine Zeh entfernt ist, kann der Schuh entsprechend schmaler ausfallen. Das sieht sehr ästhetisch aus. In den meisten Fällen ist die Auflagefläche des Fußes nur wenige Quadratzentimeter groß. Es sieht einfach toll aus."

„Also auch das. Weswegen wir eigentlich herkamen war, daß wir einen effektiven Knebel suchten, der über einen längeren Zeitraum unsichtbar getragen werden kann. Unser Ziel war, daß Natalies Arme in einem perfekten Reverse Prayer gefesselt werden. Wir hatten es schon einige Male versucht, jedoch immer wieder abgebrochen, da es ein Training über längeren Zeitraum erfordert. Natalie bekam mich trotz eines normalen Knebels immer wieder rum, das Training abzubrechen."

„Das sollte ja nun kein Problem mehr sein. Ein Reverse Prayer ist auch hübsch anzusehen. Dachtest Du an permanent oder temporär?"

„Ich weiß noch nicht so genau. Was meinst Du?"

„Entscheiden mußt schon Du. Aber permanent paßt zum System, alles was wir mit Natalie machen ist permanent. Sehr gut kommen auch Fausthandschuhe dazu. Wir haben dort eine Version, die wie kleine Kugeln aussieht. Und wenn ich kleine Kugeln meine, dann sind diese sehr klein, das heißt, Natalies Finger werden extrem gestaucht. Die Außenseite ist dickes Gummi, das Ganze wird anschließend noch ausgeschäumt. Sieht super aus und als Abschluß empfehle ich dazu einen Edelstahlkragen um den Hals und die Handgelenke."

„O.k., ich denke, das gefällt mir auch."

Zwei Gummischwestern weckten mich. Ich war viel zu schwach und zu verwirrt für irgendeine Gegenwehr und ließ mich willenlos in ein Badezimmer führen. Sie wuschen mich komplett ab, dann wurde mein gesamter Körper mit einer brennenden Flüssigkeit eingerieben und ich wurde zurück in Bett, glücklicherweise inzwischen frisch bezogen, gebracht. Kurz darauf ging das Licht im Zimmer und auch bei mir wieder aus.

Ich erwachte erneut, in einem leichten Trancezustand. Diesen kannte ich schon vom letzten Mal. Ich war wieder am Bett fixiert. Mein gesamter Körper fühlte sich taub an, mangels Bewegungsfreiheit konnte ich aber nicht feststellen, was genau mit mir geschehen war.

Die Tür ging auf und herein kam der Arzt, den ich bereits kannte. Er lächelte mich zwar freundlich an, aber was er unter freundlich verstand, wußte ich ja inzwischen nur allzugut. Aber mir war inzwischen fast alles egal. Wäre doch nur Bernd hier!
„Na dann wollen wir mal sehen", sagte er in der Ärzten eigenen überheblichen Art. Ich werde ihnen nun einen Spiegel bringen lassen, damit sie sich an den bisherigen Erfolgen erfreuen können."

Kurz darauf kam eine Gummischwester mit einem großen Spiegel auf einem Rollgestell herein. Dieser wurde über meinem Bett positioniert, so daß ich mich in voller Lebensgröße sehen konnte. Das Bettzeug wurde entfernt und ich sah meinen Körper, meinen neuen Körper.

Mein Brustkorb, Unterleib und Teile meiner Beine und Füße waren bandagiert. Trotzdem konnte ich sehen, daß meine Taille ungewöhnlich schlank war und meine Brüste größer schienen, jedoch nicht viel. Für so ein bißchen lohnt doch eigentlich keine Operation, dachte ich. Irgendwie sahen jedoch meine Nippel komisch aus. Selbst im erregten Zustand waren sie nicht so groß. Auffällig war mein Kopf, eine spiegelnde schwarze Kugel mit weit geöffneten Augen, ohne Ohren und einem geöffneten Blasmund mit roten Lippen.

„Ich werde Ihnen nun erklären, was geschehen ist. Sie haben mehrere Operationen hinter sich. Anschließend wurden Sie für einige Tage im künstlichen Koma gehalten, damit die Heilung schneller vorangeht. Wir haben Ihnen drei Rippen und sämtliche Geschlechtsorgane entfernt. Außerdem wurden die Sehnen in Ihren Beinen so verkürzt, dass Sie nur noch höchste Absätze tragen können. Und höchste heißt auch höchste, mindestens 18 cm. Ebenso wurde jeweils der kleine Zeh entfernt. Das ist eine kleiner Spleen unseres Chefs, dem es besonders gefällt, wenn Frauen kleine Füße haben."

Er deckte mich wieder zu und gab der Schwester einen Wink den Spiegel zu entfernen. „Übrigens, unsere Schwestern sind natürlich auch permanent in Gummi und können nicht reden. Sie haben jedoch das Privileg der Bewegungsfreiheit, damit sie hier problemlos einsetzbar sind. Auch der Schmerz hält sich bei ihnen in Grenzen, der Chef meinte, es käme sonst zu Produktivitäts- problemen und Konzentrationsschwäche. Na, wie er meint. Ich bin eher der Meinung, daß auch sie etwas mehr aushalten könnten."

Kurze Zeit später kam meine Gummischwester wieder. Der durch die Maske verursachte Schmerz schien mir inzwischen nicht mehr so schlimm, war jedoch immer noch da. Sie brachte ein kleines Tablett, auf dem ein paar Metallringe lagen und ein etwas dickerer Gummischlauch. Wie ein Piercing sah es eigentlich nicht aus und ich konnte mir so recht keinen Reim darauf machen.

Die Schwester nahm einen Metallring und zeigte ihn mir. Es war eigentlich eher eine kleines dünnes Röhrchen von ungefähr 1 cm Länge. Sie hielt es so, daß ich durchschauen konnte, und ich sah innen spitze, schrägstehende Stacheln. Nun nahm sie einen Finger mit Gleitgel und bestrich meine Brustwarzen damit. Dann schob sie das Röhrchen über den Schlauch, auch hier war Gleitmittel nötig weil der Schlauch kaum einen größeren Durchmesser hatte als das Metallröhrchen. Der Schlauch wurde dann an eine Brustwarze gehalten und mit einem kleinen Blasebalg am Ende des Schlauchs die Luft abgesaugt. Erst als meine Brustwarze bestimmt schon 3 cm in dem Schlauch war hörte sie mit dem Pumpen auf und zog mit einer blitzschnellen Bewegung den Schlauch ab, wobei sie das Röhrchen zu mir drückte. Meine Brustwarze schaute nun vorne über einen Zentimeter heraus und der größere Teil des Röhrchens lag nun fest an meiner Brust an.

Die Bedeutung der inneren Stacheln wurde mir klar, als die Gummischwester an dem Röhrchen kurz zog. Die Stacheln drangen tief in meine Brustwarzen ein und das Teil ließ sich nicht mehr abziehen. Die Tränen standen mir in den Augen, doch das Spiel wiederholte sich an der anderen Brust in gleicher Weise. Sie gab mir noch einen verständnisvollen Kuß auf die Stirn und ließ mich mit meinem Schmerz wieder allein.

„Was hältst Du von Piercings? Ist es möglich, später noch welche zu stechen?"
„Da brauchst Du keine Angst haben. Du kannst Deine Natalie später verzieren, wie Du möchtest. Das Gummi ist ja nicht unzerstörbar. Sie hat nur keine Möglichkeit, sich daraus zu befreien. Aber ich hab da etwas, das wird Dir gefallen. Ich nenne es Teufelsringe. Sie werden nicht wie normale Ringe angebracht, sondern verhindern durch schrägstehende Stacheln an der richtigen Stelle, daß sie entfernt werden. Was hältst Du davon?"
„Ich verlaß mich da ganz auf Dich. Ich glaube, dann hätten wir alles besprochen."
„Gut Bernd. Ich melde mich bei Dir, wenn Natalie so weit ist. Hab volles Vertrauen. Es wird bestimmt super."

„Na wie geht es uns heute?" Nicht etwa, daß dieser sadistische Arzt eine Antwort erwartete, er wußte nur zu gut, daß ich zu keiner Äußerung mehr in der Lage war. Es war mir inzwischen auch egal. Ich wollte hier nur raus, zurück zu Bernd. Irgendwie komisch, ich war bisher nie auf den Gedanken gekommen, Bernd könnte an dem, was hier mit mir geschehen war, in irgendeiner Weise schuld sein. Ich wollte nur zurück, mit ihm zusammen sein, ihm ganz gehören.

„Heute beginnt Ihr Armtraining. Ihr Mann hat sich einen Reverse Prayer gewünscht. Wie uns gesagt wurde, war das auch der Grund der ersten Kontaktaufnahme. Nun, dann wollen wir mal."

Ein Gestell ähnlich einem Bettgalgen, nur wesentlich höher, wurde hereingefahren. Man half mir beim Aufstehen. Wie selbstverständlich versuchte ich mit dem gesamten Fuß aufzutreten, wurde durch einen stechenden Schmerz jedoch an die durchgeführten Operationen erinnert. Eine Gummischwester kniete neben mir hin und half mir in ein paar Pumps mit irrwitzigen Absätzen. Früher hätte ich die Schuhe wütend in die Ecke geworfen, ein Laufen wäre mir ganz unmöglich gewesen. Doch nun empfand ich es geradezu als angenehm darin zu laufen. Mein Spann war mit dem Schienbein in einer Linie und nur die vordersten Zehen berührten den Boden.

Ich wurde vor das Gestell gestellt und ein Arm wurde nach hinten auf meinen Rücken gezogen. Dort wurde er in einer Art Manschette festgemacht. Das Gleiche erfolgte mit dem anderen Arm.

„Für den Anfang werden wir jeden Arm einzeln nach oben ziehen. Ihre Sehnen werden mit der Zeit nachgeben, doch keine Angst, so viel Zeit werden wir ihnen nicht geben. Ab einem bestimmten Punkt werden die Unterarme dann zusammengezogen, die Arme werden dabei natürlich weiter in Richtung Kopf gezogen. Ein kleiner Elektromotor sorgt dafür, daß der Zug konstant bleibt. In etwa zwei Tagen werden wir dann das Ziel erreicht haben."

Mir wurde schummrig. Zwei Tage sollte ich so hier stehen. Ich dachte noch mit Schrecken an das letzte Mal, als Bernd versucht hatte meine Arme in die Position zwischen meine Schulterblätter zu bringen. Damals hielt ich die Schmerzen kaum aus, obwohl wir vom Ziel meilenweit entfernt waren.

Am Anfang war es noch recht erträglich. Eine Krankenschwester stellte ein Dreibein mit einer Art Fahrradsattel unter mir auf. Auf dem Sattel waren zwei riesige und mächtig dicke Penisse montiert. Diese wurden mir nun eingeführt und das Gestell dann in der Höhe so justiert, daß meine Füße gerade so den Boden berührten. Dann war ich mit mir alleine. In festen Zeitabständen hörte ich hinter mir ein Klicken, immer dann, wenn der Elektromotor das Getriebe einen Zahn weiter stellte.

„Es ist so weit, Bernd. Morgen hat Natalie ihren großen Tag. Sei pünktlich um 11.00 Uhr bei mir. Wir fahren dann gemeinsam zu Natalie."

Ich sagte noch kurz Ja, dann hatte Dieter auch schon wieder aufgelegt. In der kommenden Nacht schlief ich schlecht. Ich machte mir inzwischen Sorgen. Sorgen um die Bezahlung, Dieter hatte bisher mit keiner Silbe über Geld gesprochen. Doch dieses Gespräch würde stattfinden, mit Sicherheit. ich fühlte mich wie jemand, der mit seiner Kreditkarte seinen Kindern zu Weihnachten jede Menge tolle Geschenke gekauft hat, die er sich eigentlich nicht leisten kann. Während der Feiertage kostet er dieses Glück auf Pump aus, aber einen Monat später traut er sich nicht, die Abrechnung aus dem Briefkasten zu holen.

Mein Gesicht war wahrscheinlich total verheult, zumindest wäre es das, wenn es nicht unter dickem Gummi verborgen wäre. Die zwei Tage waren noch nicht vorbei und meine Arme berührten bereits die Schulterblätter. Mit den Fingern konnte ich schon den Abschluss der Gummimaske berühren. Die ganze Prozedur des Armtrainings wurde nur unterbrochen durch eine Fütterung über meinen Magenschlauch und das Anbringen der Unterarmverbindung. Dies wurde von den Gummischwestern gemacht, so daß mir der Arzt erspart blieb. Die Verbindung der Unterarme schien die Prozedur stark zu beschleunigen, auch wenn damit die Schmerzen zunächst einmal zunahmen. ich war froh, daß ein Ende abzusehen war. Ein letztes Klicken und meine Ellenbogen berührten sich. Ich atmete erleichtert auf, trotz der unmenschlichen Schmerzen und unzähliger Krämpfe. Der Mechanismus schien ein Signal ausgelöst zu haben, denn kurz nach Erreichen des Ziels ging die Tür auf.

„Heute ist der Tag. Heute werden Sie komplett gummiert. Und wissen Sie was? Ihr Bernd wird dabei sein."

Ich wußte erst nicht, ob ich mich freuen oder ärgern sollte. Freuen, weil Bernd kam, ärgern, weil er mich in so einem halbfertigen Zustand sehen würde. Eine Gummischwester legte breite Manschetten um meine Handgelenke und Unterarme, um meine Arme in der aktuellen Position zu fixieren. Dann wurde das Gestell mit dem Fahrradsattel entfernt. Ich hatte die dicken Penisse zuletzt gar nicht mehr gespürt. Sie rutschten aus mir heraus ohne daß ich etwas dagegen unternehmen konnte.

Kaum waren meine Löcher frei, entleerte sich auch schon mein Darm. Ich empfand dabei keine Scham mehr, es war mir einfach egal. Meine Blase hatte ich inzwischen mehrmals entleert. Dies schien scheinbar selbstverständlich zu sein, der Arzt verlor darüber kein Wort.

Ich wurde in ein Badezimmer gebracht und gründlich gewaschen. Die wenigen Haare, die noch an meinem Körper waren, lösten sich dabei einfach auf, wahrscheinlich eine Folge der brennenden Creme, mit der man mich vor Tagen eingerieben hatte. Ich hatte eine Haut wie ein Baby.

Dann wurde ich so nackt wie ich war über den Gang geführt. Das Gebäude wirkte von innen wie eine Klinik, auch wenn dies kaum möglich sein konnte. Das was hier geschah, würde wohl einiges Aufsehen in der Öffentlichkeit erregen. Ich dachte über all das in einer seltsamen Art nach, fast so, als ginge es mich gar nichts an, als stünde ich über den Dingen. Ich nahm es als gegeben hin, daß ich in wenigen Stunden, wenn es überhaupt so lange dauern würde, komplett und für immer in Gummi eingeschlossen sein würde.

Irgendwie empfand ich es als Erlösung, mich nicht mehr um Alltagskram kümmern zu müssen, nicht mehr arbeiten zu müssen, nicht an Geld denken zu müssen und rundum versorgt zu werden. Ich würde ganz in den düsteren Ozean meiner Träume eintauchen und für immer darin versinken, ich hatte es nie anders gewollt. Da es kein Zurück mehr gab, konnte ich mir das nun ehrlich eingestehen, ohne störende Gedanken daran verschwenden zu müssen, einen Rückzieher machen zu wollen.

Den Raum, den wir betraten, erkannte ich gleich. Hier stand der merkwürdige Kasten, in dem auch Lydia gelegen hatte. Ich konnte mich dunkel erinnern, was Dieter darüber sagte. Ich nahm mir vor, meine Situation nicht noch zu verschlimmern, indem ich mir ein paar Elektroschocks abholte.

„Der Anzug ist speziell für Dich gemacht worden. Ich meine, wegen deiner Arme und so. Sie werden in richtigen Ärmeln ihren Platz finden und anschließend permanent in dieser Reverse Prayer-Position fixiert. Das Schönste an dieser Position ist das durchgedrückte Rückrat und die rausgestreckten Brüste."

Hierbei zog er ein wenig an den Verzierungen meiner Brustwarzen. Obwohl das Einsetzen schon einige Tage her war, tat es höllisch weh. Er zeigte mir damit aber auch, dass diese "Schmuckstücke" auf normalen Wege nicht mehr zu entfernen waren.

Eine Gummischwester öffnete den Kasten für mich. Der Boden war übersäht mit kleinen silbernen Ringen, der Rest war innen komplett mit Gummi verkleidet.

Ich stieg in einen alten VW-Transporter ein, hinten, wo er keine Fenster hatte. Zusätzlich bekam ich eine Augenbinde angelegt. Dieter beruhigte mich, ich solle mir keine Sorgen machen, aus Sicherheitsgründen sei es unerläßlich. Nach längerer Fahrt, ich schätze so um die 90 Minuten, genau konnte ich es nicht sagen, meine Uhr und mein Handy hatte man mir abgenommen, erreichten wir ein altes Industriegebäude, dessen ursprünglicher Zweck sich mir nicht erschloß. Da wir in einem Innenhof ausstiegen, konnte ich noch nicht einmal sagen, ob wir uns mitten in einem Industriegebiet oder alleine auf weiter Flur befanden, jedenfalls war es draußen ziemlich ruhig. Nur ein weit über dem wolkenverhangenen Himmel fliegendes Düsenflugzeug konnte ich bewußt wahrnehmen. Geschickterweise war von innen kein Firmenschild zu entdecken.

„Das ist unsere Haupteinrichtung. Hier finden die meisten Treffen statt und hier behandeln wir auch unsere Patienten. Komm, es geht gleich los und Du willst es doch bestimmt nicht versäumen."

Er nahm mich beim Arm und zog mich förmlich in einen Gebäudeteil, der wie ein Verwaltungstrakt aussah. Im Eingangsbereich saß eine Frau, so Mitte zwanzig, in adretter Bürokleidung hinter einem Schreibtisch. An der Wand hingen mit schwarzen Tüchern verhangene Tafeln, offensichtlich war hier zu Geschäftszeiten etwas über die Firma zu lesen.
„Sie ist die Einzige, die wir noch nicht gummiert haben. Aber wenn wirklich mal jemand kommt, muß der Anschein gewahrt bleiben."

Wir fuhren mit einem Lastenfahrstuhl abwärts. Ich sah an den offenen Seiten die breiten Geschoßdecken vorübergleiten und schloß daraus, daß es etliche Meter unter die Erde ging. Unten angekommen, gingen wir durch einige Gänge, deren schäbiger Zustand sie als geeignete Kulisse für drittklassige Kriminalfilme empfahl. Ein paar Ecken weiter wurde es plötzlich adrett und sauber. Wir betraten einen Raum, wie ich ihn aus Krankenhausfilmen kannte, wir befanden uns in etwa dort, wo Studenten eine Operation beobachten konnten. Im Raum hinter einer großen Glasscheibe erkannte ich den großen Kasten, den ich im Video mit Lydia gesehen hatte. Kurz darauf wurde Natalie von zwei weißen gummierten Gestalten in den Raum geführt. Ich ging näher an die Scheibe, die aufgrund meiner Aufregung und des auf meiner Seite spärlich geheizten Raumes beschlug. Natalie schien mich aber nicht wahrzunehmen. Am Fußende der Gerätschaft in die Natalie gerade einstieg, war ein schwarzer Gummikörper zu sehen. Dieser schien jedoch keine Arme zu haben.

„Ist das der Gummianzug für Natalie ?"
„Ja, eine Spezialanfertigung. Die Arme sind in der Position, in der Natalies Arme ab sofort für immer sein werden – ein perfekter Reverse Prayer."

Ein Rollgestell mit einem großen Ring wurde hereingefahren und unter der Auflage des Gummianzugs positioniert. Eine der weißen Gummigestalten nahm mehrere lange Gewindestangen und verband den Ring mit der Taille des Anzugs. Mit einem Elektrogerät wurden die Gewinde dann gespannt und die Taille dehnte sich zunehmend. Natalie wurden noch die Manschetten abgenommen, die ihre Arme auf dem Rücken fixierten, dann stieg sie vorsichtig in die Maschine. Irgendwie hatte sie Schwierigkeiten, ihre Arme wieder in die normale Position zu bringen. Auch der Rest des Anzugs blähte sich auf als der Einstieg hinter Natalie geschlossen wurde.

„Ich dachte, Natalie wird in den Anzug eingeklebt? Ich hab gar nicht gesehen, dass man sie mit Klebstoff bestrichen hat."
„Das ist auch nicht nötig. Der Klebstoff ist bereits im Anzug. Bei Bioklebern ist es nicht notwendig, daß zwei Komponenten zusammen kommen."

Ich sah, daß Natalie sich mit vorsichtigem Zögern in Richtung des Anzugs bewegte. Bereits nach wenigen Minuten war sie komplett im Anzug.

Bevor jedoch an der Verschraubung und den Druckverhältnissen etwas geändert wurde, überprüfte eine Gummigestalt, ob jedes Körperteil auch an der richtigen Stelle war. Besonders auf die Arme wurde geachtet, war es doch eine recht ungewöhnliche Stellung, in die Natalie ihre Arme bringen mußte. Doch alles schien in Ordnung zu sein. Die Gummigestalt gab ein Zeichen und die Verschraubung des Ringes wurde gelöst, gleichzeitig entwich der Überdruck aus dem Anzug.

„Nun sind auch die schönen großen Einsätze an den richtigen Stellen. Ich kann mir nur zu gut vorstellen, was Deine Natalie gerade empfindet. Einige meinen, der Schmerz beim Eindringen ist wie bei einer Geburt. Ich habe veranlaßt, daß sie während des Armtrainings schon vorgedehnt wurde. Ich wollte es nicht über- treiben."
Ich sah, daß mit einem großen Werkzeug der Anzug vom Gerät getrennt wurde. Der Halsausschnitt legte sich sofort eng an Natalies Hals. Der Ring wurde nun gänzlich entfernt und die Auflage des Gummianzugs ein wenig vom Gerät gerollt. Dann half man Natalie beim Aufstehen. Sie musste von zwei Gummigestalten gestützt werden. Sie sah zu mir hoch, war jedoch zu keiner Regung fähig.

Als mir die Gummimanschetten von den Unterarmen entfernt wurden, dachte ich, es brächte mir Erleichterung. Doch meine Arme verblieben fast in der gleichen Position wie zuvor. Ich hatte auch keine große Lust daran etwas zu ändern. Mir wurde in das Gerät geholfen und eine Gummischwester küßte mich noch einmal, diesmal auf meinen Gummimund. Dabei zog sie jedoch kurz an einer der Verzierungen meiner Brustwarzen. Als der Einstieg hinter mir geschlossen wurde, wußte ich, was zu tun war. Am Fußende war das schwarze Gummi des Anzugs zu sehen. Es war ein komisches Gefühl, als der Luftdruck stieg. Einen Druckausgleich konnte ich nicht machen, da meine Ohren, oder was von ihnen noch übrig war, mit Gummi versiegelt waren.

Der Anzug war innen ganz glibberig. Ich erinnerte mich daran, daß Dieter sagte, der Klebstoff diente gleichfalls als Gleitmittel. Ich rutschte Stück für Stück in den Anzug, Meine Beine fanden die entsprechenden Öffnungen, mit den Armen war es schon schwieriger. Doch durch Hin- und Herbewegen des Oberkörpers fanden meine Hände die richtigen Öffnungen und der Rest flutschte wegen des Gleitmittels fast von selbst. Meine Finger krümmten sich in den Handschuhen automatisch zu einer Faust, mein Daumen wurde in die Faust hinein gezogen. Wenn meine Arme in dieser Position fixiert werden, wozu bräuchte ich dann noch Finger.

Dann merkte ich erst, daß etwas mächtig Großes an meinen Unterleib stieß. Ich versuchte mich so gut es ging zu entspannen, konnte es aber nicht in mich aufnehmen.

Panik stieg in mir hoch. Was, wenn es nicht in meine Löcher paßte? Als ein Ventil geöffnet wurde und der Überdruck abnahm, wurde der Anzug kleiner, auch an meiner Taille nahm der Druck stetig zu. Mit großem Druck stießen die zwei Dildos, ich nahm zumindest an, dass es welche waren, an ihren Bestimmungsort an. Der Druck nahm stetig zu und als ich dachte, ich würde in Stücke gerissen, waren sie plötzlich in mir drin. Ich atmete etwas durch, dann hatte ich plötzlich das Gefühl, ich würde in zwei Hälfen zerschnitten. Der Anzug drückte unbarmherzig auf meine Taille. Als ob ich ein stummes Stoßgebet senden wollte, blickte ich nach oben, und war es Traum oder Wirklichkeit, an der Reflexion einer Glasscheibe meinte ich Bernd zu sehen.

Ich traf Natalie in einem kleinen Krankenzimmer. Sie lag flach atmend auf einem Bett, die Beine leicht gespreizt und die Arme in einer perfekten Reverse Prayer-Position, obwohl sie offensichtlich noch nicht fixiert wurden. Der Anzug war jedoch so dick, daß er ihren Armen kaum ein Wahl ließ.

Ein Arzt kam auf mich zu und begrüßte mich. „Sie sind sicher der glückliche Besitzer von Natalie. Sie war ein recht problemloser Patient. Wir werden ihr nun noch die Schuhe anziehen und Halsband und Arme verbinden. In wenigen Minuten ist alles fertig."

Ich setzte mich zu Natalie auf den Bettrand und strich ihr vorsichtig über den Körper. Der Gummi war warm und unheimlich glatt. Ich mußte schon ein wenig fester drücken, damit sie meine Berührung spürte. Sie wandte langsam den Kopf in meine Richtung und ich hatte den Eindruck, sie wolle etwas sagen. Ich nahm ihren Kopf in meinen Arm und drückte sie.

Eine Gummigestalt gab mir zu verstehen, daß ich im Wege sei. Ich trat vom Bett zurück und sah aus einiger Entfernung zu. Mit einem Skalpell schnitt die Gummigestalt an den Brustwarzen von Natalie den Gummi weg. Darunter kamen dunkelrote Brustwarzen und je ein silbernes Röhrchen zum Vorschein.

Eine andere Gummigestalt erschien mit zwei winzig aussehenden Pumps. Die Absätze waren bestimmt 18 cm hoch. Sie hielt mir die Schuhe zur Begutachtung hin. Mir fiel auf, daß die Schuhe recht schwer waren, wie Dieter sagte, waren sie aus Edelstahl. Dieser war dunkel brüniert und schimmerte nur leicht metallisch. Auffällig war die Standfläche des Schuhs, nur 4 cm von der Spitze und genauso breit war der Bereich in den Natalies Zehen passen sollten.

Die Gummigestalt nahm die Schuhe wieder an sich und bestrich sie vorsichtig mit einer gelartigen Masse. Peinlichst achtete sie darauf, nicht mit dem Gel in Berührung zu kommen, sie zog deshalb sogar noch ein paar Einmalhandschuhe über. Zu zweit zogen sie Natalie dann die Schuhe an. Dies schien trotz Gleitmittel einige Anstrengung zu erfordern. Natalie wurde währenddessen vom Arzt festgehalten.

Die Schuhe sahen einfach fantastisch aus. Sie machten wirklich einen schönen Fuß. An die Schmerzen, die Natalie dadurch aushalten mußte, verschwendete ich keinen Gedanken.

Nun wurde ein ebenfalls brüniertes Stahlband um Natalies Hals gelegt. An diesem waren zwei dünnere Röhren angeschweißt, in diese kamen die Unterarme zu liegen. Die zu Fäusten geballten Hände lagen dicht am Hinterkopf unverrückbar fest. Natalie machte während der gesamten Prozedur keine Schwierigkeiten. Das meinte sicher vorhin der Arzt damit, Natalie sei eine problemlose Patientin gewesen.

Als letztes kamen noch die Überhandschuhe von denen Dieter erzählte hatte. Mit einem zangenähnlichen Gerät wurde bei einer kleinen Gummikugel die Öffnung gespreizt, Gleitmittel/Klebstoff eingefüllt und über Natalies Hände gezogen. Man sah deutlich, daß sich das Gummi eng um ihre Knöchel legte und ihre Fäuste nochmals stark komprimierte. Große Tränen kullerten über Natalies Gummigesicht, die Schmerzen waren wohl enorm.

Dieter bat mich in ein kleines Büro. Hier würde nun sicher die Abrechnung der Kosten erfolgen.

„Nun, bist Du zufrieden ?"
„Mehr als das. Natalie ist ein regelrechtes Traumwesen. Ich kann es kaum erwarten mit ihr heute Abend zu Hause zu sein."

„Nun, da gibt es noch etwas zu regeln. Sicher kannst Du dir vorstellen, daß das alles nicht kostenlos ist. Der Unterhalt alleine verschlingt schon Unsummen, von den eingesetzten Materialien und der Technik gar nicht zu sprechen, zumal die Geheimhaltung alles noch verteuert. Ihr werdet eine ganze Weile für uns arbeiten. Jeden Sonnabend und jeden Sonntag. Dazu noch drei Wochen im Jahr zu einer vereinbarten Zeit. Du wirst Natalie zu von uns übermittelten Adressen fahren und sie dort zur bestimmten Zeit wieder abholen. Alles klar soweit?"
„Und wenn nicht? Wie wollt ihr mich dazu zwingen?"
„Du glaubst doch nicht, daß wir zu all dem hier in der Lage sind und dann mit so etwas nicht klarkommen? Nein, da haben wir Mittel und Wege. Außerdem wäre es doch mal interessant, wie Du den Behörden Natalies Zustand erklärst. Der Letzte, der versucht hat uns zu linken, ist ganz stiekum verschwunden und zu einer unserer Gummischwestern geworden. Die entsprechenden Operationen inbegriffen. Nun mal Kopf hoch, immerhin lernst Du auch viele interessante Leute aus Politik und Wirtschaft kennen. Du würdest Dich wundern, wer die Dienste unseres SM-Kreises so alles nutzt."

Widerwillig, aber auch ein wenig neugierig willigte ich ein. Ein Vertrag wurde letztlich nicht gemacht, wo hätte man den auch einklagen sollen?

Der erste Fick mit Natalie war einfach traumhaft. Mir gingen beim Anblick dieses geilen Stücks schwarzem Gummis fast die Augen über. Im Nachhinein war ich froh, auf Dieter gehört zu haben. Die Einsätze mit Gefühl waren voll der Knaller. Bei jedem Eindringen bäumte sich Natalie auf und ich sah dies als Zustimmung, um noch heftiger in sie einzudringen. Als sie am Ende eines ausgiebigen Sexabends fast besinnungslos dalag, erinnerte ich mich an die Brustimplantate. Ich nahm die zwei kleinen Handpumpen und steckte sie an ihre Nippel. Schnell hintereinander pumpte ich ihre Brüste deutlich sichtbar auf. Nie vergesse ich ihre Augen, die mich voller Begeisterung anblickten.

* Anm.: Die Hände werden auf den Rücken gefesselt, die Hand-flächen flach aneinander gelegt und die Hände anschließend so gedreht, daß die Fingerspitzen nach oben zeigen, wie bei einem Gebet, daher die sinnige Bezeichnung "rückwärtiges Gebet". Diese Position findet ohne Fesselung auch Anwendung im Yoga.

Der gestrige Abend war einfach irre. Als Bernd mich durchvögelte, wurde mir vor Schmerz fast schwarz vor Augen. Mein Unterleib brannte wie Feuer und es trieb mir die Tränen ins Gesicht. Doch dann hatte ich einen Orgasmus, den ich so bisher noch nie erlebt hatte. Ich wollte schreien, doch kein Laut drang aus meinem Mund, gut, so konnte ich mich dann völlig gehenlassen. Bernd schien so geil wie schon lange nicht mehr. Immer wieder drang er in mich ein und kam mit kleinen Pausen mehrere Male hintereinander bis er erschöpft neben mir lag. Ach würde er doch nur weitermachen. Ich hatte Bernd nie gesagt, daß ich so auf Schmerzen stand, ein wenig hatte ich Angst, daß er damit nicht umgehen könnte. Ich versuchte mich enger an ihn zu kuscheln, was aber kaum gelang, da ich ohne den Gebrauch meiner Arme recht hilflos war.

Die ersten Sonnenstrahlen weckten mich. Ich träumte noch eine Weile vor mich hin, stand dann jedoch auf. Ich hatte nun zwar eine Gummipuppe, jedoch auch eine große Verantwortung. So ähnlich fühlten sich vermutlich Adoptiveltern. Ich öffnete das große Paket, welches Dieter uns gestern bei der Verabschiedung mitgegeben hatte.

Obenauf lag ein Ordner mit der Aufschrift ‚ANLEITUNG', den ich durchblätterte. Darin war die Pflege von Natalie genau beschrieben, wie ich ihre Körperfunktionen überwachen konnte und sie versorgen mußte. Auch verschiedene Dinge aus Gummi und Stahl lagen bei, eine Vorrichtung zur Nahrungsaufnahme, ein Klistieraufsatz für den Duschschlauch, mehrere Flaschen mit Nummern auf dem Etikett.

Da ich selbst Hunger verspürte, nahm ich die Nahrungsvorrichtung. Ein dicker Schlauch mit einer runden Gummiwulst, der wohl in Natalies Mund eingeführt werden mußte. Außen war ein Bajonettverschluss daran, an den eine Kartusche angeschlossen werden konnte. Diese war mit einem Nahrungskonzentrat zu befüllen. Wie ich las, war eine Kartusche für die Dauer von 3 Tagen ausreichend. Da ich nicht genau wußte, wann Natalie das letzte Mal gefüttert wurde, rief ich Dieter an.

„Nun, Bernd? Einen schönen Abend gehabt?"
„Kann man so sagen. Ich konnte es kaum erwarten, in Natalie einzudringen. Ich befürchte jedoch, daß sie doch recht große Schmerzen dabei hatte."
„Mach Dir mal keine zu großen Sorgen. Ich glaube, daß Natalie darauf voll abfährt. Bedenke bitte auch, daß Schmerz die einzige Möglichkeit für sie ist, zum Höhepunkt zu kommen. Doch warum rufst Du an?"
„Ich habe gerade das Handbuch durchgeblättert. Nahrungsaufnahme ist demnach nur jeden dritten Tag nötig. Wann ist Natalie das letzte Mal versorgt worden?"

„Nach meinen Informationen vorgestern. Du hast also noch Zeit damit. Auf jeden Fall gut, daß Du gefragt hast, eine zu häufige Nahrungsaufnahme kann zu Problemen führen. Lies bitte auch ganz genau alles durch, der Inhalt der Flaschen ist nicht ohne, einige haben eine recht heftige Wirkung mit dem Gummi. Ein tägliches Klistier kann jedoch nicht schaden, auch wenn es höchstens wöchentlich nötig ist. Das Nahrungskonzentrat ist recht ballast-stoffarm, du wirst also eine recht pflegeleichte Puppe haben."
„Wie geht es nun weiter, ich meine mit unserer Vereinbarung?"
„Die ersten Wochen lassen wir Euch erst mal in Ruhe. Tob Dich richtig aus. In der nächsten Woche wirst du dich um einiges kümmern müssen. Ich meine, Natalie ist ja so nicht öffentlichkeits-tauglich. Ich werde Dir am besten eine Sendung mit dem Nötigsten zusammenstellen. Laß Dich einfach überraschen."

Als Bernd das Bett verließ, stöckelte ich mit kleinen Schritten hinter ihm her. Der dicke Gummianzug hatte mir eine perfekte Figur beschert, eine unglaublich schmale Taille, Knackarsch und kleine feste Brüste, die durch die Reverse Prayer-Haltung meiner Arme stark herausgestreckt wurden. Darüber hinaus war ich so zu einem aufrechten Gang gezwungen. Ich beobachtete Bernd sehr genau, wenn er mich anschaute. Mein Anblick schien nicht ohne Wirkung auf ihn zu sein und ich ging auffällig oft provozierend an ihm vorbei. Wenn er sich mich doch nur schon wieder richtig vornehmen würde. Vor den damit verbundenen Schmerzen hatte ich keine Angst, eher davor diesen nicht ausgesetzt zu sein.
Doch an diesem Tag lief außer zärtlichem Streicheln und Schmusen nichts mehr.

Bereits am nächsten Tag brachte ein Bote zwei große Kartons. Ich trug diese ins Wohnzimmer, wo Natalie in einem Sessel vor dem Fernseher saß.

In den Kartons waren Kleidungsstücke aus Gummi, Strümpfe aus Nylon, Überschuhe in mehreren Farben sowie Masken und Perücken. Ich breitete alles aus und besah es mir genauer. Die Masken waren lebensechte Gesichter, einige dezent, andere nuttig geschminkt. Die mehr dezenten Masken hatten einen kurzen dicken Penis auf der Innenseite der wohl in Natalies Gummimund sollte. Alle Masken hatten einen Reißverschluss und waren unten als Torso ausgebildet, der bis über die Schultern reichte. Ein besonderes Teil war für Natalies Oberkörper gedacht und hatte künstliche Arme. Es war ebenfalls aus fleischfarbenem Latex und nahtlos hergestellt. Auch an die Beine war gedacht worden, eine Strumpfhose aus fleischfarbenem Latex lag ebenso bei. Diese hatte wie auch die Nylonstrümpfe an der Ferse eine verstärkte Öffnung für die Absätze der Schuhe. Nun war mir auch die Bedeutung der Überschuhe klar.

Ich konnte nicht anders, als Natalie sofort probeweise anzuziehen. Auf eine Entfernung von über einem Meter entstand der perfekte Eindruck einer nackten Frau in halterlosen Strümpfen, nur bei sehr

genauem Hinschauen war das Latex zu erkennen. Ich entschloß
mich spontan, mit Natalie einen kleinen Ausflug in die Stadt zu
machen.

Irgendwie sträubte sich in mir alles, als ich Bernds Plan mitbekam,
in die Stadt zu fahren. Aber andererseits, ich konnte ja nicht immer
nur zu Hause sein. Er hatte mir aus den Paketen etliche Sachen
angezogen. Die Teile aus fleischfarbenen Latex ließen den Eindruck
entstehen, ich wäre komplett nackt. Mit dem Gesicht hätte ich mich
nicht mal selbst erkannt. Die Maske hatte einen kurzen dicken
Penis, der mit einem Plopp zwischen meinen dicken Gummilippen
verschwand. Außen war ein natürlich aussehender Mund mit leicht
geöffneten Lippen modelliert. Als ich die schwarze Kurzhaarperücke
aufhatte, blickte mich ein hübsches junges Mädchen aus dem
Spiegel an.

Raffiniert war die Strumpfhose. Sie war perfekt für die fest mit
meinen Füßen verbunden Pumps gefertigt. Der Absatz meiner
Stahlschuhe wurde von Bernd zuvor mit einem dicken Gummi-
schlauch überzogen, das Anziehen wäre sonst sicher nicht ohne
Beschädigung gegangen. Trotzdem war eine größere Menge
Gleitmittel nötig.

Im Schritt war die Strumpfhose offen, deutlich zeichneten sich die
künstlichen schwarzen Schamlippen der Gummieinsätze ab. Die
Schläuche wurden dann von den Absätzen und ein paar
rote Überschuhe aus Gummi über meine Pumps gestreift. Dann zog
Bernd mir noch ein rotes Top und einen sehr (sehr) kurzen roten
Rock, ebenfalls aus Latex an. Ich befürchtete, daß man meine
schwarze Gummimuschi sehen konnte.

Auf dem Innenstadtparkplatz angekommen, half ich Natalie beim
Aussteigen. Das Wetter lud zum Schlendern in der Fußgängerzone
ein. Natalie hatte einen extrem kurzen Minirock an und eine
schwarze Lederjacke kaschierte ihre auf den Rücken gebundenen
Arme. Wenn man davon absah, daß einige Männer sich die Hälse so
verdrehten, daß sie fast gegen die Laternenmasten liefen, fielen wir
aber nicht besonders auf. Natalie konnte auf den irrsinnig hohen
Pumps sehr gut laufen und das Klacken ihrer Absätze schallte
zwischen den Häusern.

Nach einiger Zeit erspähte ich ein Straßencafe. Ich war inzwischen
mutig geworden, hatte ich doch wesentlich mehr Aufsehenerregen
befürchtet. Doch auch hier nahm die Aufmerksamkeit nach
wenigen Augenblicken ab, die Frauen schauten eher neidisch, den
Männern war die Geilheit anzusehen. Ich trank meinen Kaffee aus
und ich schlenderte mit Natalie im Arm zurück zum Auto.

„Was hältst Du von einem Besuch im Swingerclub?" Es war mehr
eine Feststellung als eine Frage. Natalie nickte mir jedoch
aufmunternd zu.

Im Swingerclub angekommen, nahm Bernd mir die kurze Leder-jacke ab. Nun war für jeden ersichtlich, in welchem Zustand sich meine Arme befanden. Wir hatten hier schon viele andere Pärchen kennengelernt, die wie wir auf SM-Spielchen und auch auf Latex standen. Doch irgendwie war mir trotzdem mulmig.

Bernd half mir auf einen Barhocker und bestellte sich etwas zu trinken. Es war zu dieser Zeit nur mäßiger Besuch, außer uns waren nur wenige Paare anwesend. Eine Frau mittleren Alters gesellte sich jedoch kurz darauf zu uns. Aufmerksam musterte sie mich.

„Ist das nicht ein wenig extrem?"

Bernd schaute sie an und sagte, „So sollte es auch sein. Ein Problem damit?"

„Nein, ganz im Gegenteil. Meine Arme waren auch mal so gefesselt." Sie strich mir vorsichtig über die Arme. Meine zu Fäusten geballten Hände konnte sie durch das fleischfarbene Oberteil nur erahnen. „Wie ich sehe, steht Ihr auch auf Latex und Gummi. Wie wäre es, wenn wir ein wenig Spaß hätten?"
„Gern, doch ich weiß nicht, ob Du dabei so gut wegkommst. Natalie ist kaum in der Lage, Dich zu befriedigen."
Bernd schilderte im weiteren Gespräch, wie ich zur Gummipuppe verwandelt wurde. Die Frau schien dabei richtig geil zu werden und tastete immer wieder meinen Körper ab. Schließlich gingen wir zu dritt in ein Hinterzimmer. Bernd zog mir das Top und den Minirock aus und ich legte mich aufs Bett. Dann beschäftigte er sich mit dieser Frau. Sie zogen sich gegenseitig aus uns kamen sich dabei schnell näher. Es war erniedrigend von Bernd, vor meinen Augen so mit ihr herumzumachen und mich dabei nicht zu beachten. Als Bernd nur noch in seiner Latexunterwäsche dastand, zog er dieser Frau den Slip herunter und ein geradezu riesiger Penis sprang ihm entgegen.
„Siehst Du, ich werde doch etwas Spaß haben mit deiner Natalie. Wollen wir sie gemeinsam nehmen?" Sie half mir vom Bett hoch und nahm mich energisch in den Arm. Ihre Zunge versuchte in meinen Mund einzudringen, hatte jedoch wegen dem Penisknebel keine Chance. Bernd stand inzwischen hinter mir und rieb meinen Unterleib mit Gleitmittel ein.

Dann drangen beide zugleich in mich ein. Ich bäumte mich vor Schmerz auf, tausende von Nadeln bohrten sich gleichzeitig in mich, während ich zwischen Bernd und dieser transsexuellen Frau stand. Meine Knie wurden weich und gemeinsam suchten wir uns den Weg zum Bett.

Ich war überrascht, hatte es jedoch schon vermutet, keine "richtige" Frau vor mir zu haben. Sie lächelte mich wissend an, als mir ihr Penis entgegensprang. Kurzentschlossen ging sie zu Natalie und zog sie energisch vom Bett hoch. Sie nahm sie eng umschlossen in den Arm und küßte sie leidenschaftlich auf den

Mund. Erst jetzt schien sie zu bemerken, dass Natalie nicht nur eine Maske trug, sondern auch geknebelt war. Ich rieb Natalies Löcher mit Gleitmittel ein und setzte meine inzwischen hartes Glied an den Einsatz in ihrem Poloch, während die Frau, ich konnte mich nicht an ihren Namen erinnern, Natalie von vorn nahm. Wieder bäumte sich Natalie auf, ich mußte sie stützen, sonst wäre sie zusammengesackt. Auf dem Bett ging es dann aber richtig zur Sache. Ich drückte von hinten Natalies Brüste zusammen während sie von vorn und hinten gleichzeitig durchgevögelt wurde, Nach wenigen Stößen kam ich zum ersten Mal.

Das war schon ein sonderbares Pärchen. Er eigentlich ein ganz normaler Typ, sie eindeutig streng gefesselt und komplett in Gummi gekleidet. Ich ging locker auf die beiden zu und begann ein Gespräch.

Was Bernd, so stellte er sich vor, mir dann so alles erzählte, war einfach unglaublich. Ich muß gestehen, ich habe auch vieles davon als Phantasterei abgetan. Das, was Bernd erzählte, kannte man sonst nur aus Fetischromanen, nie schien es möglich, das auch nur im Entferntesten zu verwirklichen. Und doch mußte ich mich eines Besseren belehren lassen. Ich stellte schnell fest, daß das, was ich in der dürftigen Barbeleuchtung als nackte Haut identifiziert hatte, Gummi war. Recht dick und faltenfrei anliegend. Wie Bernd berichtet hatte, fühlte ich Natalies Arme auf dem Rücken, die, die in ihrem Schoß lagen, waren offensichtlich falsch. Doch so richtig überrascht sollte ich erst später werden.

Erschöpft lagen wir alle drei im Bett. Natalies Atem ging heftig, deutlich war zu hören, wie die Luft durch die Gummischläuche strömte. Unsere Sexpartnerin hatte sich inzwischen als Simone, ehemals Manfred vorgestellt. Auch sie schien ziemlich geschafft zu sein und lag schwer atmend auf der anderen Seite von Natalie. Ich richtete mich auf und schaute Natalie in die Augen. Irgendwie hatte ich den Eindruck, daß sie glücklich war. Sie erwiderte jedenfalls meinen Blick und wich mir nicht aus.

„Das war das Geilste, was ich je erlebt habe. Noch nie habe ich ein so intensives Gefühl beim Eindringen in eine Muschi gehabt. Alles schien zu vibrieren."
„So erging es mir auch. Die Einsätze sind mit einem Gel gefüllt, das jede Bewegung auf kleine magnetische Kugeln weitergibt und so Strom erzeugt. Das erzeugt das Vibrieren."

„Wollen wir Natalie nicht erst mal aus dem Gummianzug befreien, damit sie uns erzählen kann, wie es ihr gefallen hat?"
„Das wird kaum möglich sein, wie ich bereits sagte, die Gummihaut ist permanent. Lediglich das, was wie Haut aussieht kann entfernt werden. Darunter ist sie dauerhaft in dickes schwarzes Gummi eingeschlossen."
„Wie lange ist sie denn schon da drinnen?"
„Erst ein paar Tage. Doch ich hab von Frauen gehört, die bereits

jahrelang so verpackt sind."
„Aber so kann man doch nicht leben. Ich meine, es muß doch sehr unangenehm sein, dauerhaft in Gummi verpackt zu sein."

„Zunächst einmal, Natalie hat sich bisher nicht beschwert, was ja auch kaum möglich ist. Darüber hinaus ist unangenehm nicht richtig. Der Gummianzug ist extrem dick und um einiges zu klein. Dies ist ziemlich schmerzhaft, so daß in der Maske ein ebenso permanenter Knebel eingearbeitet ist. Aber Natalie scheint auf Schmerzen voll abzufahren. Schon seit längerem bemerkte ich den Zwang bei ihr, sich Schmerzen zuzufügen. Mal trug sie zu kleine Schuhe, mal stach sie sich mit Nadeln, übergoß ihre Nippel mit heißem Wachs usw. Auch immer unangenehmere Fesselstellungen wollte sie. Als sie hörte, welche Schmerzen allein schon die Maske verursachen solle, griff sie sich sofort in den Schritt. Ich ließ es mir damals nicht anmerken, aber ihr Wille so verpackt werden zu wollen blieb mir nicht verborgen."
„Darüber würde ich gern noch mehr erfahren..."
„Warum auch nicht, komm doch einfach mit."

Zuhause angekommen entkleidete mich Bernd erst mal, wenn man es denn so nennen will. Simone schaute gespannt zu, wie ich mich in eine pechschwarze Gummipuppe verwandelte. Es schien sie wahnsinnig anzumachen. Auch ich genoß die Situation und bewegte mich betont aufreizend durch das Zimmer.

„Möchtest Du auch etwas aus Latex anziehen?"
„Hast Du denn etwas für mich?"
„Klar, Natalie hatte ja zuvor schon eine reichhaltige Ausstattung. Was möchtest du? Ein Kleid oder lieber einen Catsuit?"
„Laß doch einfach mal sehen. Am liebsten schwarz. Hast Du auch Korsetts?"
„Die werden Dir aber zu klein sein, Natalie sind sie inzwischen viel zu groß. Hat sie nicht eine Wahnsinns-Taille, gerade mal 35 cm über dem Gummi gemessen, innen drin noch einiges weniger?"

Wir schauten Natalies Latexsachen durch und fanden für Simone einen Catsuit aus dickerem Latex. Interessiert betrachtete sie die Höschen-Sammlung mit speziellen Innenteilen. Leider waren alle Slips für eine Frau gefertigt, meist vorn ein Kunstglied und hinten ein Butt-Plug.

„Stehst Du auf gut gefüllte Löcher?" fragte ich Simone.
„Ich finde es wahnsinnig geil, extrem gedehnt zu werden. Doch wenn es zu schmerzhaft wird, breche ich meist ab. Hast Du da eine Idee?"
„Wenn Du es wirklich möchtest, will ich Dir gerne helfen. Wie extrem möchtest Du es denn?"
„Schau doch einfach mal was geht und frag nicht so viel."
Sie kam zu mir herüber, nahm mich in den Arm und säuselte mir „mach mich hilflos und füll mich bis zum Platzen" ins Ohr.

Ich beobachtet gespannt, was da zwischen Bernd und Simone abging. Mein Catsuit war zwar ein wenig zu klein, sah aber toll aus. Der Zweiwegezipper war so weit geöffnet, dass Simones Penis hart nach vorn stand.

Bernd nahm noch ein paar andere Sachen aus dem Schrank, unter anderem einen Butterfly-Knebel, für den ich wohl kaum noch Verwendung finden würde. Dann fesselte er Simones Handgelenke an die Oberarme und steckte ihr den Knebel in den Mund. Bald schon blähten sich ihre Wangen auf. Ich erinnerte mich darin, wie ich mich das erste Mal mit dem Butterfly-Gag gefühlt hatte, ein absolut geiles Gefühl, die Zunge fest auf den Unterkiefer gepresst und die Wangen schmerzhaft gedehnt.

„Komm Natalie, Du kannst mir ein wenig bei der Auswahl helfen." Wir gingen alle ins Wohnzimmer und Bernd erklärte mir, was er vor hatte. Ich deutete mit dem Kopf in Richtung Hausbar und Bernd nahm nacheinander die Flaschen in die Hand, bis ich bei einer nickte. Meine Auswahl war eine kleinere, recht bauchige Likörflasche. In einer stillen Stunde hatte ich mir diese auch schon einmal in den Anus eingeführt. Was ich aber nicht beachtete war, daß Simone einen männlichen Knochenbau hatte, also bei weitem nicht so dehnbar war. Doch eigentlich war es mir egal. Bernd holte aus der Kammer einen älteren Schemel, der in der Mitte der Sitzfläche eine Öffnung hatte. In diese Öffnung steckte er nun die Likörflasche und rieb sie mit reichlich Gleitmittel ein. Dann führte er Simone zu dem Schemel. Ohne den Knebel hätte sie wahrscheinlich die ganze Straße zusammen geschrien. Ich konnte deutlich ihren flehenden Blick erkennen, doch von dem Vorhaben abzulassen. Die Likörflasche war auch nach etlichen Versuchen nicht in sie eingedrungen.

Bernd gab mir einen Wink und ich stellte mich vor Simone. Dann setzte ich mich vorsichtig auf ihre Schenkel während Bernd hinter sie trat und ihre Arschbacken auseinander zog. Langsam ließ ich mein ganzes Gewicht auf Simone nieder. Der Boden der Flasche war nun bereits in ihr drinnen, der Rest rutschte langsam aber sicher nach. Mit einem letzten Plopp war es getan. Auf dem Schemel war plötzlich Blut zu sehen, bei Simone war wohl einiges gerissen.

Ach hätte ich doch nur mein Maul gehalten. Bereits die ersten Versuche waren fürchterlich. Doch ich kannte mich. Wenn ich nun abbrechen würde, war ich noch frustrierter. Bernd hatte mich recht effektiv gefesselt und geknebelt. An eine Gegenwehr war nicht zu denken. Ausdrücklich hatte ich ihm gesagt, er solle auf gar keinen Fall falsche Rücksicht nehmen, kein Safe-Wort, kein Erbarmen. Als Natalie sich auf meinen Schoß setzte, ergab ich mich in mein Schicksal. Bernd zog meine Arschbacken nach außen und Natalie verstärkte den Druck. Dann wurde es schwarz vor meinen Augen.

In der Küche war eine mittlere Schweinerei entstanden. Doch erst einmal kümmerte ich mich um Simone. Ich legte sie vorsichtig auf das mit Latex bezogene Bett und wischte das Blut ab. Der Schließmuskel war gerissen. Natalie legte sich neben Simone und liebkoste ihren leblosen Körper mit dem Mund. Da ich mir unsicher war, was zu tun wäre, rief ich bei Dieter an, erreichte ihn aber nicht selbst, sondern nur eine Frau, die sich als Michelle vorstellte. In knappen Sätzen erzählte ich ihr, was geschehen war und sie versprach mir, vorbeizukommen. Simone war inzwischen wieder bei Bewußtsein. Natalie hatte ihren Penis in den Mund genommen und versuchte, ihn steif zu lutschen. Ich nahm Simone die Fesseln von den Armen, woraufhin sie sich an mir festhielt und mich an sie drückte. Dann küßte sie mich mit ihrem geknebelten Mund.

Ich spürte, wie in Simones Schwanz langsam wieder Leben kam. Ich kaute zärtlich auf der Eichel und bald füllte er meinen ganzen Gummimund aus. Sie nahm meinen Kopf energisch in ihre Hände und drückte mich in ihren Schoß. Dabei bemerkte ich, wie Bernd wieder in mich eindrang. Durch den stechenden Schmerz biß ich versehentlich auf Simones steifen Schwanz, was jedoch nicht schlimm war, meine Zähne waren ja Imitate aus weichem Gummi. Ich spürte, wie sie in meinem Mund abspritzte, dann kam ich auch.

Als es an der Tür klingelte, schrak ich zusammen. Michelle oder Dieter konnten es nicht sein, dafür war die Zeit zu kurz. Ich zog mir einen Bademantel über und öffnete vorsichtig die Tür. Davor standen vier Frauen, gekleidet wie Sanitäterinnen. Zögernd öffnete ich.

„Sie sind bestimmt Bernd" begrüßte mich die eine. Sie war Mitte zwanzig und war von den vier Frauen die kleinste. Mir fiel sofort auf, dass es sich nicht um richtige Sanitäterinnen handeln konnte, denn jede der Frauen trug extrem hochhackige Pumps. „Na, dann führ uns mal zu Deinem Unfall."

Zu den Füßen von Simone lag noch immer Natalie. Beide Frauen atmeten noch schwer vom letzten Orgasmus.

„Na, da werden wir hier nicht viel machen können. Am besten wir lassen die Flasche erst mal drin und dichten nur alles ab."
Die anderen drei Frauen sagten kein Wort. Ich musterte sie aus den Augenwinkeln und stellte fest, daß sie wohl auch Masken trugen.

Die Wortführerin säuberte den Anus von Simone und öffnete dann eine Tasche. Aus dieser entnahm eine Spraydose und sprühte Schaum rund um den Flaschenhals. Simone zuckte dabei leicht zusammen, sagte aber nichts. Der Schaum verdichtet sich zusehends und wurde dabei glasklar.

„So, das hätten wir. Nun werden wir ganz in Ruhe in die Klinik fahren. Und Dir, Bernd, rate ich von solchen Spielchen demnächst ab."

Zwei der Helferinnen halfen Simone aufzustehen und ich gab ihr einen Bademantel. Dann verließen Sie die Wohnung.

Am nächsten Morgen klingelte mich das Telefon aus dem Schlaf. Es war erst 5.00 Uhr und ich hätte vor der Arbeit noch gut eine Stunde schlafen können. Am Telefon war Simone. Sie war in der Klinik angekommen und wollte mich sprechen. Sie bat mich zu ihr zu kommen und Natalie mitzubringen.

Da ich die Ereignisse der letzten Tage noch nicht richtig verarbeitet hatte, rief ich bei meinem Arbeitgeber an und nahm mir ein paar Tage frei. Der Chef war zwar nicht begeistert, bemerkte aber meine Verworrenheit und meinte, bei einem Notfall in der Familie könne man wenig tun. Ich kleidete Natalie an, diesmal wesentlich dezenter und fuhr in Richtung Dieter los. Den genauen Ort der sogenannten Haupteinrichtung kannte ich bisher immer noch nicht. Bei Dieter angekommen, wiederholte sich die gleiche Prozedur wie beim letzten Mal.

Irgendwie war ich wohl eingeschlafen. Als ich erwachte, lag ich in einem sauber bezogenen Krankenhausbett. Tageslicht war nicht auszumachen und so hatte ich kein Zeitempfinden. Ich versuchte mich bemerkbar zu machen, stellte jedoch fest, daß ich ans Bett gefesselt war. Auch eine akustische Meldung war nicht möglich, da ich offenbar geknebelt war. Doch kurz darauf kam ein Arzt ins Zimmer.

„Na, wieder bei Sinnen. Wie geht es uns denn?"
„Mmppff, mmhh… " Ich versuchte trotz Knebel etwas zu sagen, brachte jedoch nur ein paar Kehllaute heraus.
„Ich werde Ihnen erst mal den Knebel abnehmen. Bitte schreien Sie nicht gleich los. Es ist alles in bester Ordnung."

Erst jetzt merkte ich, wie verkrampft meine Kiefer waren. Es dauerte eine Weile, bis ich zu einer Verständigung fähig war. Der Arzt streichelte inzwischen meinen Körper, besonders den Teil zwischen meinen Beinen.
„Was geschieht hier mit mir?"
„Nichts, was Sie nicht wirklich wollen. Sprechen wir doch mal über Ihre Träume. Was haben Sie denn in Zukunft vor…?"
„Was meinen Sie damit?"
„Wie ich gesehen habe, stehen Sie auf Latex, dazu auf körperlichen Schmerz, das ist bereits klar. Dazu möchten Sie ihr Leben ganz als Frau begehen. Somit sehe ich keine besonderen Probleme. Was würden Sie sagen, wenn Sie, sagen wir mal als Haushaltshilfe, im Haushalt von Natalie leben würden?"
„Könnte mir schon gefallen, aber …"
„Kein Aber."
Er verließ kurz den Raum und kam mit einem Rollwagen mit Fernseher und DVD-Player zurück.
„Natürlich, Sie wissen ja nicht, welche Möglichkeiten wir hier haben. Doch schauen wir doch erst mal. Sie haben ja Natalie kennen-

gelernt. Wie gefällt sie Ihnen?"
„Wenn Sie damit meinen, ob ich so sein möchte wie Natalie, eindeutig nein."
„Was genau gefällt Ihnen daran nicht?"
„Ich stelle mir etwas vor, dass bei weitem nicht so restriktiv ist. Ich möchte die Funktion meiner Arme schon behalten, außerdem natürlich in der Lage sein, zu sprechen."
„Und wie steht es mit dem Gummianzug und der Maske?"
„Dagegen wäre nichts einzuwenden."

Er legte eine DVD ein und wählte einen Track aus. Die ersten Bilder erschienen. „Da Sie weiterhin sprechen können wollen, kommt eine Maske wie bei Natalie kaum in Frage. Ich glaube aber, wir haben etwas passendes. Vor einiger Zeit kam ein hochrangiger Politiker zu uns, der ein Problem mit seiner Frau hatte. Sie reagierte bei einigen sexuellen Spielchen derart panisch, daß er sie gerne stumm gehabt hätte. Dies ließen jedoch einige öffentliche Auftritte nicht zu. Wir haben einen Knebel entwickelt, der per Fernbedienung eingeschaltet werden kann. Der Mund- und Rachenraum ist dabei natürlich auch komplett mit Gummi ausgekleidet, sprechen ist jedoch mit ein wenig Elektronik möglich."

Ich sah am Bildschirm eine Frau, weite Teile des Gesichtes mit Tüchern abgedeckt, der wohl gerade der Knebel eingesetzt wurde. Es war im wesentlichen ein langer Schlauch mit mehreren Verdickungen und einem trichterförmigen Ende, das im Mundraum verbleiben würde. Die Frau war nicht in Narkose und man sah an den angstgeweiteten Augen, daß sie ahnte, was ihr bevorstand. Stück für Stück verschwand der Schlauch in ihrem Hals. Zuletzt wurde an den Rändern des Trichters eine dicke Flüssigkeit aufgepinselt, dann verschwand auch der im Mund.

„Der Knebel ist natürlich auch permanent. Das Gummi wird sich in wenigen Stunden mit der Schleimhaut der Speiseröhre verbinden. Von außen ist jedoch nichts zu sehen."
„Und wie spricht die Frau?"
„Über einen Chip werden die Stimmbänder gesteuert und so Schallwellen erzeugt. Die Stimme ist natürlich nicht mehr ganz natürlich, das ließ sich jedoch als Folge einer Krebsoperation erklären."
„Na ja, ich weiß nicht..."
„Ja oder nein?"
„Ja. Und einen so tollen Gummikörper wie Natalie will ich auch."
„Dann sind wir und ja einig. Sie sollten jetzt noch alles mit Bernd besprechen...."

„Hallo Bernd", empfing mich Simone. Natalie setzte sich auf den Bettrand und Simone kuschelte sich sofort an Natalie. „Ich möchte gerne bei Euch bleiben, ich meine für immer. Was ich in den letzten Tagen erlebt habe, war sehr schön, auch das mit der Flasche. Trotzdem, oder gerade deshalb. Ich brauche einen Menschen wie dich, der konsequent ist und mit Natalie kann ich auch sehr gut."

„Wenn Du wirklich möchtest, natürlich gern." Ich schaute zu Natalie, die mir leicht zunickte. „Aber ich möchte, daß Du auch komplett gummiert wirst. Außerdem möchte ich absolut freie Hand bei Deiner Umgestaltung haben."

„Ja, unter zwei Bedingungen: Ich möchte mich um die Pflege von Natalie kümmern, also werde ich meine Arme und Hände weiter frei bewegen können müssen. Zweitens, ich möchte weiterhin reden können."

„O.k., das macht Sinn."

Der Arzt begleitete uns in ein kleines Wartezimmer, wo wir die Einzelheiten besprachen. Natürlich wurde die Übereinkunft mit dem SM-Kreis erweitert, schließlich sollten die Kosten ja wieder amortisiert werden.

Zwei Wochen später war es dann soweit, ich konnte Simone abholen. Ich traute meinen Augen kaum, als vor mir ein Traumwesen stand. Die Ärzte hatten ganze Arbeit geleistet. Simone hatte riesige Brüste bekommen, jedoch im Kontrast dazu eine noch schmalere Taille als Natalie. Vom Hals abwärts war das leicht bräunliche Gummi zusätzlich mit Stahleinlagen verstärkt worden. Der Hautton war südländisch und stand in gutem Kontrast zur schneeweißen Perücke.

Simones Füße waren zu winzig kleinen Ponyhufen geformt, sie stand auf Zehenspitzen und die Auflage war so gering, daß ein Stillstehen kaum möglich war. Ihr bestes Stück war noch ein wenig vergrößert worden und stand nun dauerhaft steif von ihrem Unterleib ab. Ohne dieses Teil wäre sie auf jeden Fall als Frau durchgegangen. Ich nahm sie liebevoll in den Arm und sie begrüßte mich mit einem absolut geilen Zungenkuß. Auch diese war dauerhaft in Gummi verpackt... Natalie wurde nun regelmäßig von uns beiden genommen. Diese Art schien für sie die beste Möglichkeit zum Orgasmus zu sein. Wir probierten auch alle möglichen anderen Kombinationen, mal war ich in der Mitte, mal Simone. Das Schönste war, wenn ich mit meinen beiden Gummipuppen im Arm einschlief.

3 - Die Hochzeit

Die letzten Tage waren schnell vergangen. Simone fügte sich gut bei uns ein, sie war eine willige Sklavin und die Dinge hätten nicht besser stehen können. Die Arbeitstage waren fast unerträglich geworden, zu sehr verspürte ich den Wunsch, bei meinen beiden Gummipuppen zu sein, doch etwas Geld verdienen mußte eben auch sein.

Für morgen war mir von Dieter ein Termin für Natalie und Simone durchgesagt worden. Er hatte etwas gesagt von einer Hochzeit und daß hierfür mehrere Zofen und Gespielinnen benötigt wurden. Er selbst würde mit ein wenig Equipment auch vor Ort sein und sich um die Herrichtung der Braut kümmern, aber ich würde dann schon sehen.

Als ich erwachte, sah ich zwischen meinen riesigen Brüsten Natalie, die sich zwischen meinen Beinen mit meinem besten Stück beschäftigte. Bei der leichtesten Berührung erwachte es zur vollen Lebensgröße. Ich streichelte ihr zärtlich über den Kopf und drückte ihren Kopf sanft tiefer zwischen meine Beine, kurz darauf hatte ich einen gewaltigen Höhepunkt. Bernd war nirgends zu sehen. Ich drehte mich auf die Seite, Natalie erhob sich ebenfalls und gab mir einen leidenschaftlichen Kuß. Ich mußte mich sehr beherrschen, um nicht sofort wieder heiß zu werden.

Bernd betrat das Zimmer und meldete: „Nun mal hoch mit Euch. Ihr habt heute euren ersten großen Auftritt. In einer Stunde ist Dieter hier und will uns abholen."
Ich erhob mich langsam und stöckelte mit noch etwas steifen Beinen zum Bad. Auch wenn ich immer schon auf hochhackige Schuhe abgefahren war, die Kreationen, die Bernd sich ausgesucht hatte, waren doch recht extrem. Auf nur wenigen Quadratzentimetern meiner kleinen Hufe ruhte mein gesamtes Gewicht, und dies hatte durch die riesigen Brustimplantate und das dicke Gummi meiner zweiten Haut bestimmt um 15 Kilogramm zugelegt.

Im Bad führte ich zuerst die Klistiervorrichtung in die kleine Öffnung neben meiner Analvagina und ließ warmes Wasser in mich eindringen. Die Vorrichtung war so eingestellt, daß die Wassermenge automatisch reguliert wurde, erst nach Abschluß der Reinigung ließ sich die Vorrichtung wieder entfernen. Beim ersten Mal dachte ich, ich würde platzen. Äußerlich war nichts zu sehen, das in der Gummihaut eingearbeitete Korsett mit den unzähligen Stahlstreben hielt mich restriktiv in gleicher Form, doch Bernd hatte schnell erkannt, daß es besser war, wenn ich dabei stummgeschaltet wurde. Überhaupt ließ er akustische Äußerungen nur zu, wenn es unbedingt nötig war, die meiste Zeit war ich stumm wie ein Fisch. Als das nötigste erledigt war, kümmerte ich mich um Natalie. Auch sie bekam eine Darmreinigung und wurde anschließend gefüttert.

Wir fuhren mit Dieter eine ganze Weile in seinem Transporter. Wie beim letzten Mal saßen wir hinten, wo es keine Fenster gab, Diskretion war ihm verständlicherweise sehr wichtig, auch ich durfte diesmal nicht sehen, wo es hinging. Natalie hatte wieder die Maske auf, die ihr ein natürliches Gesicht verlieh und wir waren alle recht dezent gekleidet. Dieter meinte, zu viel Aufsehen sei auch nicht gut. Der Wagen fuhr nach einem kurzen Halt eine Steigung empor, die Straße schien hier nicht allzu gut zu sein, wir wurden ganz schön durchgeschüttelt, dann wurde die Schiebetür geöffnet. Irgendwie roch es nach Wald.

Ein befrackter Butler begrüßte uns: „Wenn Sie mir bitte folgen würden..." Von Dieter war nichts zu sehen, er war wahrscheinlich schon im Haus.
Das Haus war nicht übel, eine große alte Villa aus der Vorkriegszeit, hier und da war morbider Verfall sichtbar, der den Gesamteindruck aber irgendwie stimmig abrundete. Wir betraten eine große Halle mit einer riesigen Treppe aus Marmor. Genau so, wie man sich das anhand alter amerikanischer Filme vorstellt. Der Butler bat uns einen Moment zu warten und wir standen allein im Raum. Von Dieter war weit und breit nichts zu sehen. Natalie lehnte sich an Simone, die sie sofort liebevoll in den Arm nahm, ich besah mir die alten Gemälde an den Wänden.

„So Leute, kommt bitte mit." Dieter war durch eine kleine Nebentür in die Empfangshalle gekommen. „Ich möchte Euch die Braut vorstellen. Die Hochzeitsgesellschaft wird erst morgen hier eintreffen und der Bräutigam wird die Braut selbstverständlich nicht vor der Trauung sehen."

Wir folgten Dieter durch die kleine Tür in einen langen Korridor, dann eine schmale Treppe hinab in einen weiß gekachelten Raum. In der Mitte des Raumes stand ein junges zierliches Mädchen, bestimmt kaum älter als 20 Jahre. Sie trug nur halterlose Strümpfe und dazu hochhackige Pumps.
"Darf ich Euch Beate vorstellen. Beate, dass ist Natalie, Simone und Bernd. Wie du sicher bereits gesehen hast, sind Natalie und Simone schon in Behandlung gewesen."

Dieter nahm Beate am Arm und setzte sich mit ihr auf ein kleines Sofa. Da keine weiteren Sitzmöbel vorhanden waren, blieben wir wohl oder übel stehen. Simone tänzelte auf ihren kleinen Hufen hin und her und versuchte sich bei Natalie einen etwas sichereren Stand zu verschaffen.
„Bernd, bitte sei so gut und entkleide doch Natalie, damit Beate sich einen ersten Eindruck verschaffen kann. Auch Simone könnte etwas ablegen..."

Beate stand nun auf und betrachte die schwarze Gummihaut von Natalie. Sorgfältig tastete sie ihren Körper ab und schien dabei recht erregt zu sein. Als Beate einen Finger in die Analvagina von Natalie steckte, fuhr diese leicht zusammen, wahrscheinlich hatte sie damit nicht gerechnet.

„Was hat Sie denn, ich hab doch nur ganz vorsichtig einen einzigen Finger in ihren Po gesteckt?"
„Jedes Einführen, egal ob Dildo, Finger oder männliches Glied, verursacht Natalie Schmerzen. Das, was Du dort fühlst, ist ein recht dicker Einsatz, der innen mit spitzen Stacheln gespickt ist. Diese punktieren dann die empfindlichen Partien von Natalie."
"Das wußte ich nicht..."

„Nicht so schlimm, Natalie erreicht durch Schmerzen ihren Orgasmus", sagte Dieter.
„Anders ist es auch kaum noch möglich für sie. Doch nun zu dir, Beate. Dein Mann hat sich ja für eure Hochzeit was ganz Besonderes ausgedacht. Du weißt was?"
„Nicht genau. Doch eigentlich will ich es auch nicht wissen. Ich habe ihm versprochen, daß ich ihm ganz gehören möchte."
„Auch, wenn es sich entscheidend auf dein zukünftiges Leben auswirken würde?"
„Was hat Natalie dazu gesagt? Wenn ich sie mir anschaue, so ist bei ihr doch auch vieles gemacht worden, was entscheidend für ihr weiteres Leben ist, oder? Ich glaube, daß man vollstes Vertrauen zu seinem Partner haben sollte, nur so wird er nicht enttäuscht sein. Und enttäuschen möchte ich ihn auf gar keinen Fall."
Beate ging zu Natalie, nahm sie fest in den Arm und küßte sie mit geschlossenen Augen.
„Nein, selbst wenn ich Natalies Schicksal teilen müßte, ich würde es gern für ihn tun."

„Nun, denn", sagte Dieter. „Wie möchten Sie es haben? Möchten Sie es miterleben oder lieber aufwachen, wenn alles getan ist?"
„Nein, auf jeden Fall miterleben, Schritt für Schritt. Und ich möchte mich dabei sehen. Er hat einen Raum vorbereiten lassen, der komplett verspiegelt ist. Ich möchte erleben, wie sie seine Wünsche erfüllen, jedes Detail, komplett hilflos aber hellwach."
Ich folgte dem Geschehen wortlos. Simone und Natalie hatten sich wieder in die Arme genommen und streichelten zärtlich ihre Gummikörper.
„Wann möchten Sie beginnen?" Dieter schaute Beate fragend an.
„Wie lange wird es denn dauern?"
„Nun, es wird schon seine Zeit dauern. Wir sollten keine Zeit verschwenden."

Ein flaues Gefühl beschlich mich. In wenigen Augenblicken würden Peters Bekannte aus dem SM-Kreis bei mir sein. Er hatte mir da so einiges erzählt, vieles von dem glaubte ich anfänglich kaum, zu phantastisch waren seine Schilderungen. Doch dann zeigte er mir ein Video über die Verwandlung einer Frau zu einem Gummiwesen.

Peter sah mir tief in die Augen und fragte mich, ob ich dies wirklich für ihn tun wolle. Ohne mein Einverständnis ginge es nicht, ich müsse schon absolut sicher sein, denn ein Zurück wäre nur mit erheblichem Aufwand möglich. Natürlich machte er mir auch klar, daß es ohne dies keine gemeinsame Zukunft gäbe. Doch ich liebe ihn so sehr, mein Entschluß stand fest. Ja, ich wollte es, was immer er auch vorhatte. Ich wußte, daß wir das perfekte Paar waren, daß unsere Liebe grenzenlos sein würde. Und er sollte ganz alleine entscheiden, was geschehen soll.

Als dann Dieter, so hatte er sich vorhin vorgestellt, den Raum betrat, waren meine Knie ganz weich. Meine Gefühle lagen zwischen Angst und Erwartung, zwischen Neugier und dem Drang, einfach wegzulaufen. Er stellte mich seinen Begleitern vor, einem Mann und zwei Frauen. Die Frauen waren augenscheinlich in Gummi gekleidet. Gummi war für mich ein sehr angenehmes Material, ich mochte seine Glätte, seine Schwere und vor allem den Geruch.

Als Natalie entkleidet wurde, bemerkte ich, wie die Geilheit in mir aufstieg. Obwohl es im Raum recht warm war, fröstelte ich leicht. Vor mir stand ein Wesen, wie es phantastischer nicht aussehen konnte, schöne weibliche Rundungen, eine extrem schmale Taille und auf den ersten Blick ohne Arme. Diese Armhaltung mußte sehr unangenehm sein. Ich hatte in alten SM-Comics aus den 50er Jahren schon ähnliche Zeichnungen gesehen, hielt es bisher aber nicht für in die Praxis umsetzbar.

Die Optik war schon sehr beeindruckend. Die kleinen Brüste wurden so aufreizend hervorgestreckt und der gesamte Körper bekam etwas Anmutiges. Ich ließ es mir nicht nehmen, Natalie etwas näher zu untersuchen. Als ich einen Finger in sie steckte, in eine künstliche Gummivagina, dort, wo eigentlich das Poloch hätte sein sollen, zuckte sie merklich zusammen. Dieter erklärte mir, daß Natalie absolut schmerzgeil ist und bei jeder sexuellen Betätigung extreme Schmerzen ebenso erleiden muß wie will.

Im folgenden Gespräch klärte Dieter ab, ob ich wüßte, was geschehen soll und ob ich damit einverstanden sei. Peter hatte mich darauf vorbereitet und mir eindringlich eingeimpft, daß ich es ja auch glaubhaft versichern solle. Am Ende des Gespräches war ich wie in Trance. Dieter führte mich und Bernd in den Spiegelraum, Simone blieb mit Natalie zurück. Meine Vorbereitung begann...

Dieter fragte mich, ob ich ihm assistieren könne. Es war eigentlich keine Frage, eher eine Anweisung.

In dem Raum waren nur sehr wenige Möbel. Die Wände und die Decke waren komplett mit Spiegeln verkleidet, dadurch wirkte der Raum riesig. Durch die Spiegelung der Spiegelung wurde mir fast schwindelig.
In der Mitte des Raums stand eine mit Latex bezogene Liege und an einer Wand gab es ein paar sanitäre Einrichtungen.

„Wir werden Beate jetzt zuerst komplett enthaaren. Zieh Dir bitte diese Handschuhe an und achte darauf, daß von dieser Creme

nichts an deine Haut kommt." Er selbst hatte ebenfalls Einmalhandschuhe angezogen und bestrich Beate vom Hals abwärts mit einer grünen Paste. Als er sich ihrem Schritt näherte, zuckte Beate leicht zurück.
„Uhh, das brennt aber, besonders da."
„Wir wollen doch nun keinen Rückzieher machen, oder?"
Dieter ergriff Beate dabei fest am Oberarm. Ohne die Antwort abzuwarten, rieb er eine größere Menge Creme in Beates Schritt. Diese schrie kurz darauf auf und ich mußte sie von hinten festhalten.
„Gleich ist es vorbei. Gleich kannst Du duschen und die Creme abwaschen."
Beate strampelte nun recht kräftig und dicke Tränen rollten über ihr Gesicht. Ich hielt ein Bein von Beate fest, das andere cremte Dieter inzwischen ein.

Als Beate dann duschte, wimmerte sie immer noch ganz leise. Haarlos wie ein Neugeborenes verließ sie die Dusche. Dieter hatte inzwischen einen einteiligen transparenten Gummianzug vorbereitet. Er goß aus einer Flasche eine größere Menge Gleitmittel in den Anzug und verteilte es anschließend bis in den letzten Winkel.
„Ist das normales Gleitmittel?" fragte ich ihn.
„Nicht wirklich, es ist das spezielle, du weißt schon."

Der Gummianzug war sehr dünn, problemlos konnten wir den Halsausschnitt so weit dehnen, damit Beate einsteigen konnte. Kurze Zeit später lag er faltenfrei an ihrem Körper an. Im Schritt waren röhrenförmige Ausbuchtungen, die Dieter nun am Ende aufschnitt und mit einem dünnen Vibrator in Beates Vagina und Anus einführte. Durch ein kleines Loch schob er dann noch einen recht dicken Katheter, den er ebenfalls mit dem speziellen Gleitmittel dick einstrich. Als Urin auslief, nahm er eine Spritze und blockte den Katheter damit ab.

„Na, so schlimm war es doch bisher gar nicht." Dieter prüfte inzwischen, ob der Anzug überall faltenfrei saß. Beate schien von dem Gummicatsuit recht angetan zu sein, sie streichelte sich vorsichtig über die Brüste und im Schritt.
„Puh, mir wird es nun schon warm. Ich schwitze ja nun schon total."
„Das ist nur eine durchaus erwünschte Reaktion mit dem Klebstoff. Je mehr Du schwitzt, desto schneller bindet er ab."
„Klebstoff?" Beate sah uns ängstlich an.
„Nichts, worüber du dir Gedanken machen solltest", beruhigte sie Dieter.

Bereits wenige Minuten später war der Gleiteffekt des Klebers verschwunden und das Gummi saugte sich an Beates Haut fest. Durch die zuvor aufgetragene Creme waren nicht nur sämtliche Haarwurzeln dauerhaft abgetötet worden, auch Fuß- und Fingernägel hatten sich inzwischen aufgelöst und würden auch nie wieder nachwachsen. Beate schien dies jedoch noch nicht bemerkt zu haben. Ihre durch die massive Chemiebehandlung ausgelaugte

Haut saugte den Klebstoff förmlich auf, dies verstärkte so die permanente Verbindung zwischen Haut und Gummi. Dieter versuchte am Hals zwischen Haut und Gummi zu kommen, hatte jedoch keinen Erfolg.
„So, dann mal weiter."
Er holte aus einer Aluminiumkiste eine Art Korsett. Dies schien sehr ausladend zu sein und Beate von den Knien bis zum Hals einzuschließen. Erst auf den zweiten Blick stellte ich fest, daß es für die Unterschenkel keine Öffnung gab.
„Legen Sie sich nun bitte auf die Liege."
Auf der Liege führte Dieter Beate nun einen sehr dicken Vibrator in ihre gummierte Vagina ein, an ihm hingen ein längerer Schlauch und einige Drähte. Beate mußte dafür die Beine weit spreizen. Dieter hielt den Vibrator noch kurze Zeit fest, dann war er ebenfalls dauerhaft verklebt.

Beate mußte nun die Beine anziehen und Dieter drückte ihre Unterschenkel in Richtung Hinterteil. Dann streifte er mit meiner Hilfe das Korsett über ihre Knie und fädelte den Schlauch vom Vibrator und Katheder sowie die Drähte durch ein Loch im Korsett. Dies gelang trotz Gleitmittel nur schwer. Beates Fersen waren nun fest an die Pobacken gepresst und sie mußte sich nun auf den Bauch drehen. Ich achtete darauf, daß nichts herausrutschte, was wir gerade mit Schwierigkeiten hineinbekommen hatten.

„Ist das Gummi?" fragte ich Dieter.
„Nein, nicht ganz. Es fühlt sich zwar so an, ist aber bei weitem nicht so dehnbar und hält wesentlich mehr Zugbelastung aus. Geradezu ideal für ein Korsett."

Als Dieter die Schnürung zuzog, drückte ich Beates Fußsohlen mit aller Kraft an die Pobacken. Dort wo ihr Anus war, waren in dem Korsett vier Stahlspangen, die Dieter nun in die Gummiröhre in Beates Hintern einführte. Als wir mit dem Schnüren bis über den Hintern waren, sah ich, wie diese Beates Poloch auseinander zogen. Je mehr sich die Schnürung schloß, desto mehr wurde der Schließmuskel gedehnt.

Dieter zog dann Beates Arme durch die dafür vorgesehenen Öffnungen, dann schnürte er weiter. Das Korsett war noch weit entfernt vom Schließen, selbst im Bereich der Beine war die Schnürung noch mehrere Zentimeter auseinander, an der Taille fast zwei Handbreit. In mehreren Durchgängen wurde jedoch unerbittlich weiter geschnürt, trotzdem war das Korsett im Rücken immer noch knapp 10 Zentimeter auseinander.

Dieter ließ es erst mal gut sein und sortierte einige Teile in der Kiste. Er kam mit einem Gerät zurück, daß im entferntesten an einen Akkuschrauber erinnerte, nur daß sich dort, wo normalerweise der Schrauberaufsatz ist, ein längliches Metallteil mit beidseitigen Krallen befand. Auf diese Krallen fädelte Dieter nun die Ösen. Als er das Gerät betätigte, zog es die Ösen zusammen und es erfolgte abschließend ein Knall. Ich sah Dieter erschrocken an, dann sah ich schon die Ursache für den Knall.

„Wenn die Ösen ganz zusammen sind, wird automatisch eine Stahlschlaufe durchgezogen und vernietet. Die Schnürung hat nur temporären Charakter, anschließend werde ich die Reste davon entfernen."
Er wiederholte den Vorgang, unterbrochen durch einige längere Pausen, mehrmals bis jede Öse des Korsetts so verbunden war. Beate lag flach atmend da und rang nach Luft.

„Ich glaube, wir lassen der Braut etwas Zeit zum Verschnaufen. Komm, wir gehen erst mal einen Kaffee trinken."
„Ist es nicht leichtsinnig, Beate in diesem Zustand allein zu lassen? Was ist, wenn etwas passiert, zum Beispiel bei einem Atemstillstand oder so?"
„Keine Angst, sie wird lückenlos überwacht. In dem Vibrator ist ein Sender, der ihre Vitalzeichen permanent überträgt. Zu jeder Zeit wird Puls, Körpertemperatur usw. überwacht. Bei bedenklichen Werten bekomme ich sofort ein Alarmzeichen gesendet."
„Na dann... ." Ich atmete erleichtert durch. „Wie geht es weiter?"

Als das Zuschnüren des Korsetts begann, hatte ich noch keine Vorstellung, was mich erwartete. Der Vibrator in meiner Spalte war nicht unangenehm und versprach mir für später eine Menge Spaß. Doch zuerst sollte ich in dieses Korsett geschnürt werden. Der Druck auf meine Beine war immens, und als Dieter an den Schnüren zog, verstärkte er sich noch. Dann spürte ich etwas in meinem Poloch, was kurz darauf größer wurde. Je mehr das Korsett mich zusammenquetschte, desto stärker wurde der Druck in meinem Poloch. Doch noch machte ich mir keine Gedanken, ich lag still da und rang um Luft.

Ich war irgendwie leicht im Kopf, ich glaube, daß es am Luftmangel lag. Ein stechender Schmerz im Rücken, dicht gefolgt von einem knallenden Geräusch schreckte mich auf. Ich hatte das Gefühl, in zwei Hälften geschnitten zu werden. Mit jedem Knall wurde der Druck auf meinen Körper unerträglicher, bis es letztlich dunkel um mich wurde.

„Beate wird eine wunderschöne Braut. Die Ideen von Peter solltest Du dir mal anschauen. Vieles von dem, was wir bisher verwirklicht haben, stammt aus seiner Feder. Er ist ein genialer Ingenieur und Tüftler, dazu noch eine ganz perverse Fantasie und die nötigen finanziellen Mittel... „

„Dieses Gerät, mit dem Du das Korsett vernietet hast ist schon toll. Ich hätte gar nicht gedacht, daß es solche Kräfte hat."

„Alles eine Frage der Übersetzung. Es würde mit Muskelkraft noch Stunden dauern. Beate hat nun eine dauerhafte Taille von 38 Zentimetern, immerhin war diese zuvor unkorsettiert fast 55

Zentimeter im Umfang, hatte diese jedoch durch längeres Training
schon stark reduziert. Das Atmen wird nur noch in sehr begrenztem
Raum im oberen Brustkorb möglich sein. Peter hat das Luftvolumen
extra von einem Spezialisten berechnen lassen, schließlich will er
noch einige Zeit an Beate Freude haben."
„Und Beate? Was empfindet sie dabei?"
„Na was wohl schon - Schmerz natürlich, doch sie wird sich daran
gewöhnen."

Als wir wieder bei Beate waren, erwachte diese gerade wieder aus
ihrer Bewußtlosigkeit.
„Wir werden Beate nun in eine weitere Schicht Gummi verpacken.
Dieser Gummianzug ist jedoch wesentlich dicker und wir benötigen
einen Spreizer für den Halsausschnitt."
Er nahm aus der Kiste einen schwarzen Gummibody, der genau die
Form von Beates Körperkorsett hatte. Die Drähte und Schläuche
vereinte Dieter nun mit einem weiteren Schlauch.

„Möchtest Du den Anzug mal untersuchen?"
„Warum nicht." Er reichte mir den Anzug und ich stellte fest, daß er
recht schwer war, bestimmt an die 10 Kilogramm. Im Hinterteil war
ein Einsatz mit Schamlippen zu erkennen, den ich mir etwas näher
anschaute. Der Einsatz sah so aus wie der von Natalie und ich hatte
nun die Gelegenheit, die körperinnere Seite genauer in Augen-
schein zu nehmen. Vorsichtig wendete ich den Anzug. Der Einsatz
hatte viele kleine, aber unglaublich spitze Stacheln, die außen
heraustraten, wenn ich meinen Finger innen in diese Vagina
steckte. Entlang einer Seite hing noch ein dicker Schlauch, der auf
der Außenseite mit einem Metallanschluß versehen war. Auch
Natalie hatte diesen Anschluß für die regelmäßige Darmreinigung.

„Nun verstehe ich, warum Natalie sich so aufbäumt, wenn Simone
und ich in sie eindringen."
„Sag doch lieber Spaß hat. Schließlich kommt sie dadurch zum
Höhepunkt."

Dieter nahm mir den Gummianzug aus der Hand, brachte einen
Metallreif in den Halsausschnitt ein und zog den Schlauch aus
Beates Schritt durch ein Loch im Body. Diesen Metallreif schraubte
er mit einer Knebelschraube so auf, daß er im Umfang stark
zunahm und den Ausschnitt weitete, bis eine Öffnung entstand, die
für Beate ausreichte. Er goß auch hier reichlich Gleitmittel hinein
während ich Beate auf den Rücken drehte.

Dieter hielt den Body an Beates Knie und ich schob sie langsam in
den Anzug. Obwohl Beate nicht geknebelt war, schaute sie mich
stumm an. Als die Halskrause über Beates Brüste kam, führte ich
vorsichtig ihre Arme in die Ärmel des Bodys, dann war sie komplett
drin und der Spreizer konnte entfernt werden. Dieter zog mit einem
kräftigen Ruck die Schläuche aus dem Anzug und prüfte, ob der
Analeinsatz richtig saß. Dann ließen wir Beate erst einmal wieder
alleine.

Natalie und ich gingen wieder zurück in die Empfangshalle. Bernd und Dieter hatten uns einfach stehen lassen und ich hatte inzwischen Lust auf Natalie bekommen. Die Spannung, was mit Beate geschehen würde, beflügelte meine Phantasie und machte mir Appetit.

In der Halle wurden wir von dem Butler in Empfang genommen, der uns in die erste Etage geleitete. Er murmelte etwas wie „vertreiben Sie sich ruhig ein wenig die Zeit" und verschwand. Da hier alle Türen offen standen, sah ich, daß eine größere Anzahl Schlafzimmer zur Verfügung stand. Fast alle waren mit Latexwäsche bezogen und in verschiedenen Farben gehalten. Ich entschied mich für ein Zimmer, in dem alles mit schwarzem Latex überzogen war. Aus Neugier öffnete ich einen Schrank und fand darin verschiedene Masken. Eine Gasmaske aus dickem schwarzen Gummi erweckte mein besonderes Interesse. Sie hatte nur kleine Sichtgläser und im Gesichtsteil mehrere Ventile. Natalie hatte sich inzwischen auf das Bett gelegt. Ich kroch an sie heran und zeigte ihr die Maske. Auffordernd hielt sie mir den Kopf hin, doch ich entschied mich erst mal anders, nein, Natalie sollte mich mit dem Mund verwöhnen, die Maske würde ich selbst aufsetzen.

Wir hatten Beate inzwischen mit einem modifizierten Rollstuhl in einen anderen Raum gebracht. Er war im Stil eines herrschaftlichen Schlafzimmers eingerichtet. Vor einem riesigen Himmelbett stand ein Gestell. Es sah aus wie eine große Blumenvase mit einem Rohruntergestell und vier kleinen gummibereiften Rädern. Dieter schob den Rollstuhl neben das Gestell und hob mit meiner Hilfe Beate in das Gestell hinein. Der Unterleib von Beate paßte perfekt in die Form.

„Komm, wir ziehen ihr nun das Kleid an."
Er ging zu einem begehbaren Schrank und entnahm ein reich mit Rüschen verziertes Hochzeitskleid heraus. Es war, wie sollte es auch anders sein, aus Latex und bodenlang.

Mit vereinten Kräften hoben wir das Kleid über Beate und zogen es ihr an. Es verbarg das Gestell perfekt. Als Dieter den Reißverschluss zuzog, stand vor uns eine wunderhübsche Braut. Aus den Ärmeln schauten nur noch störend zwei schwarze Gummihände heraus, dies wurde jedoch rasch mit weißen Latexhandschuhen korrigiert.

„Möchtest Du die Braut küssen?"
„Wie? Was?"
„Na los, nimm sie in den Arm. Führ sie durch das Zimmer."

Ich nahm Beate in den Arm und versuchte mit ihr einen Walzer zu tanzen, was auch erstaunlich gut gelang. Beate schien es auch zu gefallen, sie drückte sich enger an mich und wischte ihre Tränen an meiner Schulter ab. Nach einigen Runden trennte uns Dieter, schob Beate in eine Ecke des Raums und streichelte ihr noch kurz übers

Gesicht.
„So, meine schöne Braut, versuch Dich ein wenig zu erholen für
Deinen großen Tag... .“

Wenige Minuten nachdem ich die Maske aufgesetzt hatte, spürte
ich, wie sich der Halsabschluß zusammenzog. Sofort versuchte ich
die Maske wieder abzustreifen, doch es war zu spät. Ich versuchte
es mit mehr körperlichem Einsatz, doch plötzlich blieb mir die Luft
weg. Panik stieg in mir auf. Natalie schien davon nicht viel
mitzubekommen. Sie kümmerte sich hingebungsvoll um meinen
Unterleib und drückte mir ihren Hintern ins Gesicht. Erst nach
geraumer Zeit merkte sie, dass etwas nicht stimmte. Doch plötzlich
bekam ich wieder Luft. Nicht genug zwar, doch ich konnte wieder
langsam atmen. Doch das sollte nicht so bleiben. Als ich in Panik
das Zimmer verlassen wollte, kamen der Butler und ein französisch
gekleidetes Dienstmädchen herein und fesselten mich ans Bett.
Ach hätte Natalie doch nur ihre Arme zur Verfügung gehabt, dann
hätte sie mich losbinden können... .

Ich erwachte in der Früh mit einem mächtigen Brummschädel. Ich
war alleine im Bett, von Natalie keine Spur, ich wußte ja nicht mal,
wie ich ins Bett gekommen war.

Dieter hatte den gestrigen Abend noch mit mir im Jagdzimmer
verbracht und wir hatten unsere Freunde Johnny Walker und Jack
Daniels eingeladen, uns reichlich Gesellschaft zu leisten. Das
erklärte auch das fürchterliche Gefühl in meinem Kopf.

Ich ging erst mal ins Bad unter die Dusche. Als ich anschließend
nach einem Handtuch suchte, stand plötzlich ein Zimmermädchen
vor mir. Sie hatte ein kurzes schwarzes Gummikleid mit weißer
Schürze an. Auch die standesgemäße weiße Haube fehlte nicht. Sie
rubbelte mir den Rücken ab und half mir in die mitgebrachte
Unterwäsche. Noch etwas benommen setzte ich mich hin und sie
zog mir einen Latexslip mit Penisüberzug an den Beinen hoch, nicht
ohne den einen oder anderen interessierten Blick zu riskieren, wie
mir im Nachhinein auffiel. Anschließend zog ich noch einen
bequemen Hausanzug, ebenfalls aus Gummi, an.

Als ich den Speisesaal betrat, saßen dort schon Dieter, Natalie und
Simone sowie ein mir noch unbekannter Mann. Ich vermutete, daß
es sich um den Hausherrn Peter handelte. Simone hatte eine
merkwürdige Gasmaske auf und schaute irgendwie nicht glücklich.
Dieter ergriff zuerst das Wort und stellte uns vor:
„Hallo Bernd, das ist Peter. Peter, dass ist Bernd. Simone hat sich
gestern selbst in eine etwas mißliche Lage gebracht mit dieser
Gasmaske, sie bekommt sie nämlich nicht wieder ab.“
„Sie ist aber nicht ...“
Peter blieb mir die Erklärung nicht lange schuldig. „Nein, nein. Wir
wollten sie nur noch ein wenig zappeln lassen. Interessant ist, dass
die Luftzufuhr zyklisch eingeschränkt wird. Nach einigen Minuten
schließen sich bei der Maske die Ventile, dann gibt es für ein paar

Minuten wieder genug Luft, manchmal schließen sich die Ventile für einen kurzen Zeitraum auch ganz. Der Träger der Maske leidet so unter ständigem Luftmangel und gerät schnell in Panik. Wir haben Simone deshalb auch über Nacht am Bett festbinden müssen. Inzwischen hat sie sich aber beruhigt."

Ich ging zu Simone und besah mir die Maske genauer. Auf den ersten Blick eine fast gewöhnliche Gasmaske mit angearbeiteter Kopfhaube. Lediglich der Halsabschluss war komisch verdickt. Hier befand sich ein Mechanismus, der sich innerhalb kurzer Zeit nach dem Aufsetzen der Maske verengte. Dadurch war es ohne den passenden Schlüssel für den Träger unmöglich, die Maske wieder abzunehmen.
„So etwas passiert immer wieder. Viele Gäste gehen mit den Dingen etwas zu sorglos um."

Ich griff instinktiv an meine eigene Latexwäsche, doch Peter winkte ab.
„Keine Angst, meine Vorliebe ist es, Frauen in ungewöhnliche und meist auch ausweglose Situationen zu bringen. Als Mann kannst du dich sicher fühlen. Setz halt nur keine Maske auf, die Du nicht genau kennst."

Er erhob sich und entnahm einer Schublade einen kleinen Schlüssel. Mit diesem befreite er Simone von der Maske. Ihre Augen waren total verheult und stark gerötet. Sie hatte sicher in der letzten Nacht kein Auge zugetan.

„In wenigen Augenblicken werden die ersten Gäste kommen. Wie weit seid Ihr mit meiner Braut gekommen?"
„Wir haben sie gestern komplett verpackt, lediglich um ihr Make-Up und die Haare sollte sich noch jemand kümmern."
„Gut, das kann Mona machen, die ist mit Make-Up eine wahre Künstlerin. Ich denke, wir sollten uns nun auch dem Anlaß entsprechend kleiden." Peter erhob sich und wir folgten ihm aus dem Raum.

Mein Unterleib hatte sich inzwischen an die Enge gewöhnt, störend empfand ich, daß ich Beine und selbst die Zehen nicht einen Millimeter bewegen konnte. Auch hatte ich jedes Zeitgefühl verloren. Ich weiß nicht einmal, ob ich geschlafen habe.
Dieter und Bernd hatten mich gestern in dieses Gestell gesetzt und mir das Hochzeitskleid angezogen. Dann hat Bernd mit mir getanzt. Es war einfach schön, wie er mich in den Arm genommen hatte.

Ich muß wohl ein wenig geträumt haben, denn plötzlich stand Mona, unsere französische Zofe, vor mir. Sie begann mein Gesicht zu waschen und meine Haare durchzubürsten.
„Madame sehen sehr hübsch aus, Sie sind bestimmt die schönste Braut auf Erden, je suis sure, ich bin sicher."
„Nur fühle ich mich im Moment nicht so. Ich spüre ja kaum meinen Körper, eigentlich kann ich nur den Kopf und die Arme bewegen."

„Madame sehen einfach zauberhaft aus. Wenn ich auch heirate, möchte ich genauso zurecht gemacht werden."
„Was weißt Du denn darüber?"
„Monsieur Peter hat mir berichtet. Von eine zauberhafte Korsett. Und von die Extras, die er sich nur für Sie ausgedacht hat. Ich bin ganz eifersüchtig."
„Von welchen Extras sprichst Du da?"
„Es wird nichts verraten. Sie werden schon erleben. Ich freue mich schon für Sie."
"Nun spann mich nicht auf die Folter."
„Nein, ich habe versprochen bestimmt nichts zu verraten."
„Wenn ich hier erst einmal wieder raus bin, kannst du was erleben, jetzt sprich schon endlich."
„Madame werden nicht wieder raus sein. Oh mon Dieu, jetzt hab ich es doch gesagt... ."
„Wie meinst Du das, ich werde nicht wieder heraus sein?"
„Alles, Madame, was Sie gestern Abend angezogen haben, außer das hübsche Kleid natürlich, ist eine Fixage permanente. Ich glaubte, Sie hätten es gewußt."

Ich brach in Tränen aus. Natürlich hatte ich Peter vollkommen freie Hand gegeben, doch ich ahnte ja nicht, daß er mit dauerhafter Bindung die Verbindung zwischen mir und dem Korsett meinte. Mona versuchte mich zu trösten, was ihr nur mit Mühe gelang.

„Ihre Schwiegermama hat auch schon ein ganz besonderes Geschenk für Sie. Aber das darf ich wirklich nicht verraten."
„Ich kann es mir schon denken, was es ist. Sie konnte mich noch nie leiden. Sie denkt heute noch, ich will Peter nur heiraten wegen seinem Geld."
„So sollten Sie nicht reden. Sie reden ja gerade so, als wenn sie böse wäre. Das kann ich mir nicht vorstellen."
„Na, du scheinst sie ja gut zu kennen. Du willst ja Peter auch nicht heiraten."
„Sie meint es ja nur gut mit Ihnen. Bei den Frauen vor Ihnen hat sie sich nie solche Mühe gemacht. Sehen Sie es als Kompliment. Immerhin hat sie dieses hübsche Kleid ausgesucht und kümmert sich auch um die restliche Feier."
Mona hatte inzwischen mein Haar in Ordnung gebracht und begann nun damit, mich zu schminken. Sie wählte dazu auffallend grelle Farben, fast schon ein wenig nuttig.

Die Gäste waren inzwischen vollständig versammelt. Der Pfarrer, entweder eingeweiht oder mit einem gehörigen Schweigegeld für den Opferstock bedacht, wartete vor dem großen Kamin auf das Brautpaar. Peter stand mit ein paar Freunden etwas seitlich, als die Braut von Dieter in den Raum geführt wurde.

Wenn man es nicht besser gewußt hätte, man würde nicht auf die Idee gekommen sein, daß die Braut nicht auf eigenen Beinen stand. Das Kleid reichte bis fast zum Boden und alle blickten gespannt auf Beate. In den Augenwinkeln hatte sie eine kleine Träne, ob aus

Schmerz oder Freude konnte ich nicht sagen. Vor dem Pfarrer nahm Peter sie in den Arm und schob sie in die richtige Position. So eine Trauung ist immer wieder eine bewegende Szene. Peter sah seiner Beate beim Ja-Wort tief in die Augen, dann küßten sie sich. Statt Trauringen wurde dem Bräutigam eine elegante Holzschachtel gereicht.

Unter all unseren Augen öffnete er sie. Drinnen lag dick mit Gleitmittel bestrichen ein schwarzer Gummiknebel, wie der von Natalie, nur ohne Maske.
"Möchtest Du noch etwas sagen?" fragte Peter die Braut.
„Ja, ich liebe Dich... "

Peter nahm Beate in den Arm, gab ihr noch einen letzten Kuß und legte dann den linken Arm hinter ihren Kopf. Mit der rechten Hand nahm er den Knebel und führte ihn in Beates Mund ein. Das letzte Stück mußte Peter ziemlich drücken, da das Abschlußstück sehr dick war. Doch dann gaben Beates Kiefer nach und der Knebel rutschte an seinen Platz. Peter drückte nun Beates Lippen in den noch feuchten Klebstoff und wir durften alle die Braut bewundern.

Der Knebel hielt Beates Mund weit geöffnet und der Einsatz hatte die Form einer Vagina mit kleinen Schamlippen. Dicht an diesen waren ihre echten Lippen nun für immer damit vereint.

Später am Abend wurde Beate aus dem Kleid befreit und von Peter aus dem Gestell gehoben. Bis auf die weißen Latexhandschuhe glänzte sie in schwarzem Gummi. Peter öffnete nun seine Hose und ließ Beate langsam auf sein steifes Glied sinken. Deutlich waren Beates Empfindungen zu sehen. Ihr Atem ging stoßweise und die Gesichtszüge entglitten ihr zeitweilig. Deutlich war zu sehen, welchen Spaß Peter mit seiner Braut haben würde...

Der Knebel war ein Hochzeitsgeschenk von Peters Mutter. Sie war es leid, mit Beate ständig zu streiten. So kam sie auf dieses tolle Geschenk. Dieter hatte ihr geraten, den Knebel ruhig eine Nummer größer zu nehmen als nötig, der, den er lieferte, war allerdings noch etwas größer. Dieter meinte, damit solle man nie sparen.

Die Hochzeitsfeier ging noch die ganze Nacht. Peter hatte mit Beate eine Menge Spaß und hat sie so richtig rangenommen.

Am nächsten Morgen kam Peter mit Beate im Arm zum Frühstück. Deutlich war zu sehen, wie der Knebeleinsatz ihre Kiefer aufs Äußerste auseinanderdrückte. Ihre Lippen waren um die Gummischamlippen des Knebels fest gespannt und damit dauerhaft verbunden. Peter setzte Beate auf einen speziellen Stuhl ab und begann mit dem Frühstück. Ich beobachtet Beates wahnsinnig erotische Erscheinung aus den Augenwinkeln. Vom Hals abwärts in dickes schwarzes Gummi eingeschlossen, im Mund diesen wunderbaren Vaginaleinsatz und eine Taille, die problemlos mit den Händen umfasst werden konnte. Das bezauberndste aber war dieser wunderbar abwesende Blick. Die Augen waren weit geöffnet und in den Augenwinkeln hing eine kleine Träne.

4 - Unerwarteter Besuch

Simone schaute mich fragend an, als es an der Tür klingelte. Bernd konnte es nicht sein, dazu war es noch zu früh und außerdem hatte er ja einen Schlüssel. Sie schaute durch den Spion und sagte mir, daß dort eine ältere Frau stand.

Ich zog mich daraufhin etwas zurück und Simone öffnete die Tür.

„Wer sind Sie denn?" hörte ich es sagen und erschrak im gleichen Augenblick als ich die Stimme erkannte. Meine Mutter hatte ich nicht erwartet. Nicht, daß wir ein schlechtes Verhältnis hatten, aber Bernd mochte sie nicht sonderlich und ich glaube, es beruhte auf Gegenseitigkeit. Sie hatte sich seit Jahren nicht mehr hier blicken lassen. Seit Vater gestorben war, hatte sie sich total zurückgezogen und wirkte auch irgendwie verändert. Das war auch nicht sonderlich verwunderlich, die beiden waren unzertrennlich und sein Ableben hatte sie schwer getroffen.

„Eigentlich hatte ich meine Tochter hier erwartet."
Ich entschloß mich, zurück ins Wohnzimmer zu gehen. Wenn keine besonderen Dinge anstanden, war ich nackt bis auf meine Gummihaut. Ich ging recht behutsam auf meine Mutter zu, die mich entsetzt mit weit geöffneten Augen anstarrte.
„Ich bin Simone, und wenn Sie Natalie meinen, die steht Ihnen gegenüber."
Simone wirkte recht hilflos und stand verlegen neben meiner Mutter.
„Kind, was ist denn mit dir passiert?"
Sie ging ein paar Schritte auf mich zu und musterte mich eingehend.
„Sie kann Ihnen nicht antworten", sagte Simone.

Freitag Nachmittag, als ich von der Arbeit kam, erlebte ich eine Überraschung. Bei uns im Wohnzimmer saß Ursula, die Mutter von Natalie. Ihr gegenüber saßen Simone und Natalie. Betretenes Schweigen, keiner sagte etwas. Simone hätte zwar sprechen können, denn immer wenn ich das Haus verließ, schaltete ich ihr Sprachmodul ein, blieb in dieser Situation aber lieber stumm. Ursula sah mich vorwurfsvoll an und ich hatte den Eindruck, gleich würde ein Donnerwetter losbrechen.

Natalie erhob sich und hielt mir ihren Kopf zum Begrüßungskuß hin. Normalerweise nahm ich sie dabei in den Arm und drückte sie an mich, doch danach war mir nicht zumute. Ich hatte ein flaues Gefühl im Bauch, genau wie damals, als mich meine Mutter mit ihren Pumps erwischte und ich ihr das nicht erklären konnte. Ursula rang deutlich um Fassung. Ich unternahm den Versuch etwas zu sagen, brachte jedoch nur ein Krächzen hervor.

„Kann mir mal jemand erklären, was hier eigentlich vorgeht? Was hast du mit meiner Tochter gemacht, Du perverses Schwein?"
„Natalie ist auf eigenen Wunsch dauerhaft geknebelt. Den Gummianzug kann sie auch nicht mehr ausziehen. Wie gesagt, es war ihr eigener Wunsch, permanent in Gummi eingeschlossen zu werden. Simone betreut Natalie. Ohne sie wäre es mir nicht mehr möglich, arbeiten zu gehen, denn Natalie benötigt in ihrem Zustand komplette Fürsorge."
„Wie meinst Du das, Natalie ist permanent in diesen Anzug eingesperrt?"
„Ja, das Gummi hat sich inzwischen mit den oberen Hautschichten untrennbar verbunden. Ihre Arme sind in der augenblicklichen Position fixiert und die Pumps kann sie auch nicht mehr ausziehen. Das Gummi ist sehr dick und schränkt daher auch ihre Bewegungsfreiheit ein."
„Das ist doch nicht dein Ernst?"
„Du kannst es glauben oder nicht. Schau doch selbst."
Natalies Mutter ging zu ihr herüber und betastete ihren Körper. Da sie es sehr vorsichtig machte, spürte Natalie natürlich so gut wie nichts. Erst, als sie mehr aus Versehen ihre Nippel berührte, zuckte ich unwillkürlich zurück.

„Was hat sie denn an den Brustwarzen?" Mutter beugte sich etwas herunter und betrachtete eingehend die Brustwarzen. Zögernd berührte sie die Brustwarzen erneut mit dem Zeigefinger. Deutlich zeichneten sich dort die Teufelsringe ab.
„Natalie ist dort beringt. Außerdem sind in den Brustwarzen Ventile eingesetzt worden, die es ermöglichen, ihre Brüste zu vergrößern."
„Ich kann es immer noch nicht glauben, was du mit meiner kleinen Natalie gemacht hast. Na warte, das wirst du noch bereuen."
„Ich, ich..."
Ich brachte keinen sinnvollen Satz hervor.
„Das wird noch Folgen haben, darauf kannst Du Dich verlassen. Meinem armen kleinen Mädchen so etwas anzutun."

Wäre Simone nicht so geistesgegenwärtig gewesen, Ursula wäre an mir vorbei aus der Wohnung gestürmt. Sie verstellte ihr vor der Eingangstür jedoch den Weg, packte Ursula bei den Oberarmen und verhinderte so, daß sie die Wohnung verließ.

Ursula wehrte sich heftig, so daß ich zu Hilfe kommen mußte, denn Simone hatte Schwierigkeiten, auf ihren kleinen Ponyhufen Halt zu finden. Gemeinsam gelang es uns, Ursula ruhig zu stellen. Ich hatte ihr mangels Alternativen erst einmal ein Taschentuch in den Mund gesteckt, sonst hätte sie noch das ganze Haus zusammengeschrien. Natalie sah bei der ganzen Aktion zu und war wohl auch recht aufgeregt, sie konnte keinen Moment stillsitzen. Gemeinsam mit Simone brachte ich Ursula zurück zur Sitzecke und Simone setzte sich dort auf Ursulas Schoß. Ich besorgte nun etwas Fesselmaterial und einen richtigen Knebel. Ursula hatte inzwischen jede Gegenwehr aufgegeben und sich ein wenig beruhigt. Mein Herz pochte wie wild. Was sollte nun werden?

Im Schlafzimmer hielten wir Kriegsrat, während Ursula gefesselt und geknebelt im Wohnzimmer saß. Da nicht unbedingt Gefahr im Verzug war, beschlossen wir, Ursula erst einmal abkühlen zu lassen. Simone erzählte mir, daß sie von Peters Hochzeit einige Utensilien mitgenommen hattte.
„Was sind das denn für Dinge?"
Simone stand auf und holte aus dem Schrank einen kleinen Koffer.
„Eigentlich alles Kleinigkeiten. Ich habe doch bei Peter Erfahrungen mit dieser Maske gemacht und am Tag nach der Hochzeit noch mal in den Schränken gestöbert. Dabei sind mir weitere Masken, Knebel und alle möglichen Teile aus Gummi aufgefallen. Peter hat sie mir erklärt und ich durfte sie behalten. Außerdem hat er mir noch ein Paar Stiefel und einige Pumps mitgegeben, Beate wird sie eh nicht mehr brauchen."

„Ihr beide aber auch nicht, Du hast feste Hufe und Natalie permanente Pumps, wofür braucht ihr weitere Stiefel?"
„Ich muß gestehen, sie haben mir einfach gefallen."
„Zeig doch mal her."
Ich ging zu Simone und schaute in den Koffer. Obenauf lag die Maske, die Simone in der Hochzeitsnacht getragen hatte, wenn auch unfreiwillig.
„Peter hat mir erklärt, daß es eine Systemmaske ist. Er hat mir noch verschiedene Einsätze mitgegeben, die dem Träger der Maske die Tragezeit noch ein wenig mehr versüßen können. Da ist zum Beispiel dieser Knebel. Er hält den Mund des Trägers schön weit offen und ermöglicht nur das Einatmen. Ausgeatmet wird durch die Nase, in die zuvor diese Ventile eingesetzt werden. Durch den Knebel kann anschließend noch ein Magenschlauch geführt werden, Ursula würde also nicht verhungern. Peter hat mir gesagt, daß viele Menschen durch das Tragen dieser Maske ihre wahre Natur zeigen und regelrecht süchtig nach dem Gefühl des Luftmangels werden."

Während Simone die Sachen auf dem Bett ausbreitete, besah ich mir die Stiefel. Es schienen recht normale Stiefel zu sein, wenn man von dem hohen Absatz und dem doch recht dicken Leder absah.
„Zu diesen Stiefeln hat mir Peter auch etwas gesagt. Wie du siehst, ist der Absatz recht hoch. Beate hat in diesen Stiefeln das Laufen in High Heels gelernt. Das Leder wird vor dem Anziehen mit einer Chemikalie getränkt, die es weich und elastisch machen. Hat diese sich dann jedoch verflüchtigt, wird das Leder härter denn je. Das Bein vom Knie abwärts ist dann wie in einem Korsett gefangen und die Stiefel können erst wieder ausgezogen werden, wenn das Leder erneut behandelt wird. Peter sagte, wer diese Stiefel für einen längeren Zeitraum trägt, kann nie wieder flache Schuhe tragen."
„Klingt interessant. Welche Größe haben sie denn?"
„Ich glaube 39 oder so. Wieso fragst Du?"
„Ich meine nur, daß die Stiefel Ursula nicht zu groß sein sollten. Sie muß schon festen Halt haben."
„Notfalls haben wir ja noch das Gleitmittel."
Simone zeigte mir als nächstes eine Art Miederhose aus Gummi. Diese hatte im Schritt mehrere Anschlüsse und Schläuche.

„Diese Hose hat Peter mir als sogenannte Hygienehose vorgestellt. Im Inneren ist ein Analrohr und ein dickes Kunstglied. Die Trägerin wird zuvor mit einem Katheter versorgt und kann in dieser Hose klistiert werden. Das Besondere ist, daß sie sich von dem Klistier nicht selbst erleichtern kann und es in sich behalten muss. Solange, bis einer von uns den Anschluß öffnet. Das vordere Ende des Rohrs ist doppelwandig und kann mit allem Möglichem gefüllt werden. Dadurch sitzt die Hose unverrückbar fest. Peter hat mir da so einiges mitgegeben."

Simone zeigte mir einige kleine Kartuschen. „Das hier zum Beispiel ist ein härtender Schaum, der sich bei Körpertemperatur weit ausdehnt. Diese kleine Kartusche reicht aus, um einen Fußball hart auszuschäumen. Natürlich muß mit Bedacht vorgegangen werden, diese Menge wäre viel zu viel. Deshalb sind auf der Kartusche auch Markierungen für die genaue Dosierung angebracht."

„Und wie läßt sich der ausgehärtete Schaum wieder entfernen?"

„Ganz einfach, dafür habe ich ein Lösemittel, der ihn verflüssigt. Was hältst Du davon, wenn wir Ursula nun ein wenig einkleiden?"

Ursula war nicht unattraktiv, obwohl sie die Fünfzig schon erreicht hatte. Sie war der Typ klein und drahtig, kein Gramm Fett zuviel und kleine mädchenhafte Brüste.

„Womit fangen wir an?" fragte Bernd.

„Ich denke, mit der Maske. Erklär ihr, daß wir ihr den Knebel abmachen, sie soll ja nicht gleich losschreien."

Bernd löste langsam den Riemen des Knebels, jederzeit bereit zu reagieren, wenn Ursula Anstalten machen sollte, zu schreien. Sie schien jedoch zu begreifen und ergab sich in ihr Schicksal.

„Wir werden dir nun eine andere Maske aufsetzen. Bleib ganz ruhig und folge meinen Anweisungen. Wenn du dich wehrst, wird es nur unangenehmer für dich."

Ich sprach leise und eindringlich. Während Bernd Ursulas Kopf festhielt, führte ich zuerst die Ventilschläuche in ihre Nase. Das Schlauchpaar wurde von einer Klammer gehalten, die über die Nasenflügel kam. Ursula merkte sofort, daß sie durch die Nase keine Luft mehr bekam und öffnete den Mund. Schnell führte ich den Knebel ein, der mit ein wenig Druck hinter ihre Zahnreihen rutschte. Sie konnte den Mund nun nicht mehr schließen und ihre Lippen bildeten ein O. Während Bernd sie festhielt, zog ich ihr die Maske über. Ich prüfte die Ventile, indem ich eine Hand vor ihren Mund hielt und spürte deutlich den Sog, als Ursula versuchte einzuatmen. Sie versuchte den Knebel auszuspucken, doch das war ihr nicht möglich. Der Halsausschnitt zog sich kurz darauf wie erwartet zusammen und als zum ersten Mal die Luftzufuhr unterbrochen wurde, geriet Ursula in Panik. Kurz darauf fiel sie in Ohnmacht.

Erstaunt stellte ich beim Entkleiden von Ursula fest, daß sie vom Hals abwärts haarlos war. Dies ist für mich zwar nichts Besonderes, doch bei Ursula hätte ich das nicht erwartet. Ich nahm den bereitliegenden Katheter und führte diesen in Ursulas Harnröhre ein. Ich hatte extra einen recht dicken Katheter genommen, damit es nicht zu angenehm wird. Als der Katheter geblockt war, zog Bernd Ursula vom Sessel hoch und ich zog ihr die Hose an. Bernd nahm etwas Gleitmittel und half beim Einführen des Analrohres. Für Ursulas Vagina war kein Gleitmittel nötig, denn überraschenderweise war sie inzwischen triefend naß.

Ich ging hinter Ursula und setzte die Kartusche mit dem Schaum in einen Metalleinsatz ein. Vorsichtig, um nur nicht eine zu große Dosis einzuspritzen, drückte ich den kleinen Hebel an der Kartusche. Als ich fast fertig damit war, kam Ursula wieder zu sich und bäumte sich auf. Aus Versehen drückte ich noch eine kräftige Portion hinterher. Zischend entwich die Luft aus der Maske, um sich anschließend ganz dicht an Ursulas Gesicht zu saugen.

Bernd mußte sie stützen und setzte sie vorsichtig wieder auf den Sessel. Ich hatte inzwischen die Stiefel vorbereitet. Ursula hatte in etwa die richtige Größe, es war also kein Problem, die Stiefel über ihre Füße zu streifen. Schnell begann ich mit dem Schnüren. Das Leder spannte sich wie eine zweite Haut über ihren Beinen. Ursulas Spann bildete eine Linie mit dem Schienbein als ich bemerkte, wie das Leder langsam hart wurde. Ich hielt ihre Füße noch kurze Zeit in der richtigen Position, dann waren die Stiefel hart wie ein Gipsverband.

Bernd entfernte nun die Fesseln von Ursulas Handgelenken und wir legten Ursula auf die Couch, wo sie sich flach atmend langsam erholte. Natalie hatte die ganze Zeit zugesehen.

Bernd und Simone waren wieder mit mir ins Schlafzimmer gegangen. Ich kuschelte mich zärtlich an Bernd, Simone streichelte mir dabei über den Rücken. Meine Mutter war mir in diesem Augenblick egal. Ich weiß nicht, ob sie je verstehen wird, warum ich so sein wollte, wie ich jetzt war und es kümmerte mich nicht weiter, denn ich war glücklich so.

Bernd nahm mich vorsichtig in den Arm, drückte mich an sich und ich spürte die Beule in seiner Hose. Ach, würde er mich mit Simone doch nur sofort richtig kräftig durchvögeln. Ich war in den letzten Tagen zu kurz gekommen, Bernd schien sich lieber mit Simone zu beschäftigen und ich konnte mich nicht einmal bemerkbar machen. Doch dann drangen Bernd und Simone gleichzeitig in mich ein. Ich bäumte mich unter dem stechendem Schmerz im Unterleib auf und atmete heftig ein und aus. Kurz darauf überkam mich ein gewaltiger Orgasmus.

Ich erwachte nackt, nur mit einer Shorts und Stiefeln bekleidet auf der Couch. Mein Kopf war in eine Maske eingeschlossen, die das Atmen erheblich erschwerte. Ich versuchte sie mir vom Kopf zu ziehen, was aber nicht gelang. Auch die Shorts ließen sich nur bedingt abstreifen, das Rohr in meinem Hintern saß bombenfest. Ich hatte das Gefühl ich müsse dringend auf die Toilette, aber das kam von dem Katheter und dem Analeinsatz. Langsam richtete ich mich auf. Die Stiefel an meinen Füßen waren merkwürdig steif und ich konnte nicht mal einen kleinen Zeh bewegen. Ich zog mich am Tisch hoch und stand mit wackligen Beinen im Raum. Vorsichtig ging ich einige Schritte durch den Raum. Ich hatte früher, als mein Herbert noch lebte, öfters Schuhe mit hohen Absätzen angezogen, diese Absätze erforderten jedoch ein wenig Training. Mit steifen Beinen stolzierte ich unbeholfen durch den Raum, als ich plötzlich keine Luft mehr bekam. Wie erstarrt blieb ich stehen und versuchte die in mir aufsteigende Panik in den Griff zu bekommen.

Kurze Zeit darauf konnte ich wieder frei atmen, jedoch nur durch den Mund ein- und durch die Nase aus. Das bewirkte auch, daß ich sehr effektiv geknebelt war und keinen Laut herausbrachte.
Mich wo immer es möglich war abstützend, ging ich durch die Wohnung und hörte lautes Stöhnen aus dem Schlafzimmer. Im Bett lag Bernd mit Simone und Natalie. Natalie wurde gleichzeitig von vorn und hinten gevögelt und warf sich dabei wild hin und her. Die Drei schienen mich gar nicht zu bemerken. Ich muß gestehen, daß mich die ganze Situation inzwischen antörnte, ich ertappte mich dabei, wie ich in meinen Schritt griff und durch die Gummihose meine Spalte massierte. Gerade als mir erneut die Luft wegblieb, kam ich zu einem nie gekannten Höhepunkt und ließ mich einfach auf den Boden fallen.

Als wir nach ausgiebigem Sex wieder zu uns kamen, lag Ursula vor unserem Bett. Ich stand auf und untersuchte sie. Sie atmete flach und regelmäßig. Simone hatte mir erzählt, daß die Maske nur die Luft abschnitt, wenn sehr heftig geatmet wurde. Solange man langsam und gleichmäßig Luft holte, wurde der Mechanismus nicht aktiv. Es sei jedoch kaum möglich, eine Orgasmus zu haben ohne dabei heftiger zu atmen. Aufgrund dieser Bemerkung wurde mir schnell klar, was hier passiert war. Simone kniete sich nun ebenfalls neben Ursula und streichelte ihr leicht über den Rücken. Ursula erwachte langsam und drehte sich auf den Rücken, um sich an Simone hochzuziehen. Dann legte Ursula ihren Kopf auf die Schulter von Simone und die beiden Frauen begannen sich zu liebkosen.

Ich nahm auf dem Bett meine Natalie in den Arm und wir schauten zu, was sich zwischen Simone und Ursula abspielte. Simones Penis war wieder zur vollen Größe angewachsen und suchte den Weg zwischen Ursulas Beine. Hier war jedoch die Gummihose mit dem Kunstglied im Wege. Ursula nahm deshalb das steife Glied von Simone in die Hand und begann es langsam zu verwöhnen, während Simone sich um die kleinen Brüste von Ursula kümmerte. Das Schauspiel schien auf Natalie nicht ohne Wirkung zu bleiben. Ich spürte, wie sie sich dichter an mich schmiegte und versuchte, mich wieder zu animieren. Obwohl ich gerade einen riesigen Orgasmus gehabt hatte, blieb der Erfolg nicht aus und ich wurde wieder steif.

Irgendwann spät am Freitagabend saßen wir dann zu viert im Wohnzimmer. Simone hatte Ursula die Maske und den Knebel abgenommen und ihr ein Latexminikleid von Natalie zum anziehen gegeben. Mit verschwitzten Haaren, aber recht entspannt saß Ursula mir gegenüber.

„Ich hätte nie geglaubt, daß mir so etwas noch mal so einen Spaß machen würde."
Ursula strich sich dabei über das Latexkleid.
„Ich glaube, ich kann euch nun ein wenig besser verstehen."
„Was meinst Du mit ‚noch mal so einen Spaß'?"
Ich sah Ursula fragend an.
„Ich habe mit meinem Mann nicht auf einem Baum gelebt. Wir hatten auch bestimmte Vorlieben. Aber warum habt ihr Natalie dauerhaft in das Gummi eingeschlossen?"
„Das genau ist ja der Reiz. Natalie wünschte sich nichts sehnlicher, als hilflos in einer Situation gefangen zu sein. Gerade der Umstand, nichts daran ändern zu können, ist das erregende. Simone ist ja auch dauerhaft in die Gummihaut eingeklebt. Sie hat sich schon immer gewünscht, als Frau zu leben bzw. als Frau und Gummi-puppe leben zu müssen. Und dieser Wunsch wurde ihr erfüllt."
„Ich könnte mich an Gummi auch wieder gewöhnen. Ich muß gestehen, so wunderbare Höhepunkte wie in den letzten Stunden hatte ich bisher selten."
„Was würdest Du sagen, wenn Dir das Aussehen eines zwanzigjährigen Mädchens wiedergegeben werden könnte? Wenn Du für jeden Mann nur durch Deinen Anblick zum Objekt der Begierde werden könntest?"
„Wie meinst Du das?"
„Dort, wo Natalie und Simone verwandelt wurden, kann auch dir geholfen werden. Da Du Latex und Gummi nicht abgeneigt bist..."
„Laß mir noch ein wenig Zeit. Ich möchte erst noch eine Nacht darüber schlafen. Kann mir nun jemand aus der Gummihose und den Stiefeln helfen?"

„Eigentlich nicht. Wir haben uns gedacht, daß Du die Stiefel und das Höschen noch eine ganze Weile anbehältst. Es ist Dir doch nicht unangenehm, mit Stiefeln ins Bett zu gehen, oder?"

Das Laufen in den Stiefeln ging nun schon besser. Ich bemerkte, wie sich meine Körperhaltung veränderte und sich bei jedem Schritt meine Hüften bewegten. Das brachte nun das Kunstglied in meiner heißen Grotte in Bewegung und mich in Wallung. Ich ertappte mich dabei, wie meine Hände nicht von meinem Schritt ablassen konnten. Hatte das Verlangen nach Gummi und Bondage etwa schon immer in mir gesteckt?

Simone hatte mir eine kleine Liege ins Wohnzimmer gestellt und das Bettzeug mit Latex bezogen. Der Geruch war betörend und das Gummi war so schön glatt. Ich sog gierig den Latexduft in mich auf uns rieb dabei immer heftiger meine Spalte. Bald lag ich total ver-schwitzt in der Gummiwäsche und schlief müde und sehr befriedigt ein.

Am nächsten Morgen kümmerte sich wieder Simone um mich. Sie führte mich ins Bad und zog mir langsam das Latexkleid aus. An meinen Beinen zogen sich auffällige Spuren von Feuchtigkeit herab, die Simone nicht verborgen blieben.

Ich mußte mich auf den Rand der Badewanne setzen und Simone schloß einen Schlauch an meinen Hintern an. Dann spürte ich, wie warmes Wasser in mich eindrang. Erst als meine Bauch schon eine richtige Kugel war, entfernte sie den Schlauch wieder. Die Hoffnung auf schnelle Erlösung wurde aber enttäuscht. Sie begann zunächst damit, mich in aller Seelenruhe vom Kopf bis zu den Stiefeln zu waschen.

Als sie mir dann ein frisch gepudertes Latexkleid hinhielt, erklärte sie mir, daß ich mich erst nach dem Frühstück entleeren dürfe.

Beim Frühstück krampfte sich mein Bauch mehrmals zusammen und versuchte den Stöpsel aus dem Anus zu pressen. Doch dieser saß dicht und unverrückbar an seinem Platz.

Nun wurde Natalie von Simone versorgt, die sich ja ohne Arme und Hände nicht selbst helfen konnte. Simone drückte eine Art Kartusche in den Mund von Natalie um sie so zu füttern. Bernd erklärte mir, dies sei nur alle drei Tage nötig, da es sich um ein Nahrungsmittelkonzentrat handelte. Wahrscheinlich auch wegen den Krämpfen in meinen Bauch hatte ich keinen rechten Appetit. Ich bat Simone um Erleichterung, die sie mir dann im Bad verschaffte.

Ich war unter dem Latex schon wieder total verschwitzt. Simone ging mit mir ins Schlafzimmer und nahm etliche Teile aus dem Schrank.
„Ich würde mich freuen, wenn Du mit mir einkaufen kommst. Aber dazu möchte ich Dich ein wenig zurecht machen."

Sie zog mir das Latexkleid aus und rieb meinen Oberkörper mit einen glibberigen Gel ein.
„Nur, damit Du auch schön in das Oberteil rutschst. Es ist nämlich sehr eng und wird faltenfrei anliegen."
Das Teil war aus transparentem Gummi und sah aus wie ein hautenger Rolli. Für die Brüste waren Löcher vorgesehen mit einer wulstartigen Verstärkung. Die Löcher waren jedoch selbst für meine kleinen Brüste zu klein. Als ich mit dem Kopf durch den Halskragen war, zog Simone mir die Ärmel glatt und dann das Teil über die Brüste. Diese schauten nun durch die Löcher. Nun massierte sie meine Brüste durch die Öffnungen. An der Basis wurden sie schmerzhaft eingeengt und standen wie kleine Kugeln von mir ab. Die Nippel waren hart und groß geworden und Simone saugte noch ein wenig mit ihrem Mund daran, was mich schon wieder tierisch anmachte.

Als nächstes folgte ein schwarzer BH, ebenfalls aus Gummi, der jedoch viel zu groß aussah. Die eigentliche Funktion bemerkte ich

erst, als Simone ihn gegen meine Brüste drückte. Die Cups waren mit weichem Silikon gefüllt und innen war nur eine kleine Aushöhlung in die nun meine kugelförmigen Brüste kamen. Als Simone den BH im Rücken geschlossen hatte, war meine Oberweite auf 75 D angewachsen.
„Ich werde nun noch etwas für deine Figur tun. Ich habe hier ein süßes kleines Korsett. Es wird Deine hübschen neuen Brüste schön zur Geltung bringen."

Wieder rieb sie mich mit Gleitmittel ein und legte mit das Korsett um die Taille. Dann schloß Sie in mehreren Durchgängen die Schnürung. Meine Taille war noch nie so schön zur Geltung gekommen, ich hatte immer schon einen recht knabenhaften Körperbau, doch nun mit den großen Brüsten und dem Korsett sah ich einfach toll aus. Simone zog mir nun wieder das Latexkleid über, was aber am Oberkörper sehr spannte. Da es in der Taille auch nicht richtig saß, wechselte sie es kurzerhand gegen ein schwarzes Kleid aus ihrem Schrank aus. Im großen Spiegel des Schlafzimmerschrankes sah ich mich bewundernd an.

Im Supermarkt war die Hölle los und das nicht nur, weil es recht voll war, Ursula und ich lösten durch unsere Erscheinung ein mittleres Chaos aus. Ich genoß es, wenn die Männer Stielaugen bekamen und stolzierte auf meinen kleinen Hufen aufreizend vor ihnen her, doch Ursula schien es etwas peinlich zu sein. Wahrscheinlich war sie es schon länger nicht mehr gewohnt, daß Männer ihr hinterherblickten.

Wir erledigten unseren Einkauf und ich bemerkte an der Kasse, wie ein junger Mann sich auffallend dicht an Ursula stellte. Dann strich er ihr wie aus Versehen über das Latexkleid. Ursula schien es zuerst nicht zu bemerken oder wollte es nicht bemerken, ich nahm jedoch die Hand des Jünglings und führte sie deutlich fester zum Hintern von Ursula. Ich beugte mich zu ihm herunter und flüsterte ihm ins Ohr
„Gefällt dir, was Du siehst?"
Er wurde knallrot und brachte kein Wort heraus. Da inzwischen die Schlange an der Kasse weiter gerückt war, sagte ich leise zu ihm „Vielleicht treffen wir uns ja mal wieder, dann darfst Du mich ficken..."

Als Simone mit Ursula zum Einkaufen gefahren war, fragte ich Natalie, was sie sich mit ihrer Mutter des weiteren vorstellen konnte. Ich hatte inzwischen eine Möglichkeit entwickelt, wie wir kommunizieren konnten. Dazu hatte ich einen Stab mit einem Vibrator verbunden, der in ihrem Mund befestigt wurde. Auf einer Computertastatur konnte sie so mit dem Stab eine Nachricht tippen. Zu Anfang langsam, mit der Zeit hatte sie jedoch eine gewisse Übung bekommen und es ging inzwischen recht flott.

Natalie teilte mir mit, daß ihre Eltern gar nicht so spröde waren, wie ich immer gedacht hatte. Die ersten Erfahrungen mit Latex und

Leder hatte Natalie in ihrer Kindheit gemacht, als sie auf dem Dachboden eine Truhe mit ‚Spielsachen' fand. Heimlich hatte sie einige Sachen mit auf ihr Zimmer genommen und nachts ausprobiert. Besonders hatte es ihr ein Höschen mit zwei Innengliedern angetan. Dieses hatte sie damals heimlich auch am Tage angezogen, wenn sie zur Schule ging. Ihre Mutter hatte es bestimmt irgendwann vermißt, jedoch nie etwas gesagt. Sicher hatte sie damals vermutet, wo das Höschen geblieben war.

Natalie hatte mir bisher nie etwas über ihre Eltern erzählt, aber der Apfel fällt nicht weit vom Pferd, oder wie heißt das? Ich beschloß mit Ursula über Latex und Gummi zu sprechen, wenn sie mit Simone zurück wäre.

Im Supermarkt war mir mein Auftritt doch etwas peinlich. Simone schien es jedoch nichts auszumachen, wenn uns die anderen Kunden anstarrten. An der Kasse merkte ich, wie ein junger Mann sich auffällig dicht hinter mich stellte. Dann spürte ich seine Hand an meinem Po. Simone flüsterte ihm etwas ins Ohr und ich sah, wie er rot wurde. Ich war heilfroh, als wir wieder zurück bei Natalie und Bernd waren.

„Na, Ihr beiden, wieder für Aufsehen gesorgt?" empfing uns Bernd. „Natalie hat mir inzwischen so einiges aus dem Nähkästchen erzählt. Ich denke, wir sollten uns mal unterhalten."
Bernd nahm mich am Arm und führte mich ins Wohnzimmer, während Simone die Einkäufe in der Küche verstaute.
„Natalie hat mir mitgeteilt, daß du auch Latex und Gummi zugetan bist. Außerdem hat sie mir von einigen Erfahrungen ihrer Kindheit berichtet."
„Herbert und ich haben auch gerne Gummikleidung getragen, oft sogar tagelang unter der normalen Kleidung."
„Könntest Du Dir denn ein Leben in Latex und Gummi vorstellen?"
„Du meinst so wie Natalie? Bestimmt nicht, nicht so extrem. Im Gegensatz zu Natalie bereiten mir Schmerzen bestimmt keinen Lustgewinn. Aber gegen Latex selbst habe ich nichts."
„Ich kenne da jemanden, der in der Lage ist, dir das Aussehen einer hübschen jungen Frau zurückzugeben. Er hat mir einen kleinen Einblick gegeben, was so alles möglich ist. Du mußt es nur wollen."
Bernd sah mir direkt in die Augen. Ich versuchte mich seinem Blick zu entziehen, was mir jedoch nicht gelang.
„Ich möchte noch mal darüber schlafen", sagte ich leise.

Die nächste Nacht schlief ich recht unruhig. Nackt bis auf die steifen Stiefel, lag ich in der Latexbettwäsche. Immer wieder griff ich mir vor Geilheit in den Schritt und an meine Brüste, die dort, wo das Latexoberteil sie fest umschlossen hatte, immer noch leicht gereizt waren. Ich dachte an die schönen Stunden zurück, als Herbert und ich komplett in Latex Sex hatten. Ich erinnerte mich noch zu gut daran, wie geil er wurde, wenn ich meinen schwarzen Ganzanzug anhatte.

Erst vor wenigen Stunden hatte ich im Supermarkt erlebt, wie anziehend ich selbst auf junge Männer wirkte. Das Zauberwort war einfach Latex. Und wenn auch nur die Hälfte von dem zutraf, was Bernd mir berichtet hatte, war ich der feuchte Traum eines jeden Mannes.

Ich faßte für mich einen Entschluß....

Ursula half mir beim Decken des Frühstückstisches während sich Simone um Natalie kümmerte. Sie hatte sich in das Latexkleid gezwängt, welches sie gestern schon getragen hatte. Ohne das Mieder saß es jedoch nicht richtig, es fehlte etliches an Oberweite und in der Taille war es viel zu eng.
„Ich habe in der Nacht nachgedacht, was du mir gestern von Dieter berichtet hast. Ich wäre da gar nicht abgeneigt."
„Das freut mich zu hören. Du weißt aber, daß diese Entscheidung endgültig ist. Es gibt dann kein Zurück mehr... .."
„Wenn nur halb soviel möglich ist, wie du erzählt hast, warum sollte ich es rückgängig machen wollen. Wann hat man denn schon mal die Möglichkeit, die Jugend zurückzuholen?"
„Wenn du es so siehst, ist es natürlich eine einmalige Chance. Ich werde Dieter nach dem Frühstück sofort anrufen."

Dieter hörte mir aufmerksam zu. Ich erzählte ihm von Ursula, die teilweise mithörte.
„Das trifft sich gut, ich habe da gerade einen Interessenten, für den Ursula ideal wäre."
„Ich dachte, Ursula könne bei uns bleiben?" Ich war über die Aussage von Dieter recht erschrocken.
„Laß uns darüber noch mal unter vier Augen reden. Was hältst du davon, wenn ich heute Nachmittag vorbei komme?"
„Das wäre nicht schlecht. Kannst Du noch etwas Anschauungs-material mitbringen?"
„Kein Problem. Bis dann also."
Dieter hatte aufgelegt. Ursula beugte sich zu mir rüber und lächelte mich an. Als ich sie in den Arm nahm, gab sie mir einen innigen Kuß.

Das paßte wie die Faust aufs Auge. Anfang letzter Woche rief ein Stammkunde an und fragte nach einer willigen Gummipuppe. Ich hatte ihm keine Zusage machen können, denn im Moment war es recht ruhig.

Regelmäßig durchforsteten wir Newsgroups, Internetforen und Kontaktbörsen nach willigen Subjekten. Es gab da eine ganze Reihe von Gelegenheiten, wo sich Frauen, meist jedoch Transsexuelle, als Sexsklaven anboten, Hauptsache es fand sich ein Sponsor, der ihre weitere Umgestaltung in die Hand nahm und finanzierte. Man sollte gar nicht glauben, wie viele devote Menschen es gibt. Einmal hatte sich sogar ein pleitegegangener Unternehmer gemeldet, der auf der Flucht vor seinen Gläubigern war und der die Transformation als letzte Chance sah, unerkannt einen Neuanfang zu machen, der seinen Neigungen entsprach. Meist wurden wir fündig, doch seit einigen Wochen gab es kaum eine Message, die Aussicht auf Erfolg versprach.

Ich war schon recht gespannt auf Ursula. Ich packte noch ein wenig Infomaterial und einige ‚Spielsachen' ein, dann machte ich mich auf den Weg zu Bernd. Die Spielsachen waren teilweise Neuentwicklungen und Bernd würde sicher Gelegenheit zum Testen finden.

Am späten Nachmittag war Dieter bei uns. Er deutete mir an, daß er mich alleine sprechen müsse, so schickte ich Simone mit Ursula ins Schlafzimmer. Natalie konnte jedoch bei uns bleiben und kuschelte sich an mich.

„Nun, Bernd, es wird leider nicht möglich sein, daß Ursula hier bei dir bleibt. Wir haben im Moment ein paar Probleme, die Umsätze stimmen nicht und wir sind wirtschaftlich unter Druck. Es ist dir sicher nicht verborgen geblieben, daß alles sehr aufwendig ist und eine Menge Geld kostet. Auch wir müssen leider wirtschaftlich denken."

„Was meinst du damit? Hast Du vor, Ursula zu verkaufen?"
„In etwa, ja. Wir haben einen kleinen elitären Kundenstamm, der durchaus bereit ist, sechsstellige Summen zu zahlen. Für Ursula habe ich bereits einen Auftrag, insofern kommt es mir sehr gelegen."
„Was ist das für einen Auftrag ?"
„Der Auftraggeber kommt aus dem Nahen Osten. Er sucht für sich und seine Leute ein Gummiwesen zur Entspannung. Ich habe ihn nie gefragt, womit er sein Geld verdient, aber er ist seit einigen Jahren ein wirklich guter Kunde und zahlt bar."
„Was stellt er sich denn vor?"
„Nun, Ursula wird natürlich komplett gummiert. So wie ich gesehen habe, ist sie ein zierlicher, knabenhafter Typ. Ihre Brüste werden jedoch eine Sonderbehandlung erfahren. Alles weitere sind Details, die ich dir später erzählen werde."
„Sie möchte aber auf gar keinen Fall Schmerzen erleiden, darauf steht sie nämlich nicht."
„Das kann ich Dir zusichern. Sie wird sich nach der Behandlung super fühlen."

Bernd begleitete Ursula und mich noch zum VW-Bus. Dort bekam Sie eine Injektion und war kurz darauf eingeschlafen. Dann fuhr ich direkt zur Klinik. Der Arzt hatte inzwischen alles vorbereitet. Ich bat ihn in mein Büro, um die Einzelheiten zu besprechen.
„Was soll denn nun mit ihr gemacht werden?"
„Wir haben doch da diesen Araber, der für seine Freiheitskämpfer eine Sexpuppe bestellt hat. Das würde doch gut passen. Die Frage ist, ob Sie alles soweit hinbekommen."

„Bei mir wird es keine Probleme geben. Aber erwartet der Araber nicht eine wesentlich jüngere Frau?"
„Er wird es kaum überprüfen können. Er erhält wie immer optimale Qualität. Ich denke, daß eine Gewichtsreduktion sinnvoll ist. Natürlich sollte wegen der schmalen Taille auch am Brustkorb etwas gemacht werden, na, Sie wissen schon. Die Beine sollten auffallend schlank sein, keine Reiterhosen, kein hängender Hintern. Die Brüste dürfen ruhig auf DD oder noch ein wenig größer gebracht werden. Als Besonderheit ... ."
Ich erklärte ihm jede Einzelheit bis ins letzte Detail. Ich war überzeugt, daß am Ende einer langen Operation Ursula den Körper hätte, dem kein Mann wiederstehen konnte.

Ich erwachte in einem Krankenzimmer. Mein gesamter Körper schmerzte, ich wußte zuerst gar nicht, was geschehen war. Dann kam die Erinnerung zurück. Ich war bei Natalie und Bernd gewesen. Dieter kam hinzu, der mir in seinem VW-Bus eine Spritze gab, und nun war ich hier.

Ich stellte schnell fest, daß ich am Bett festgebunden war. Obwohl mein Hals knochentrocken war, brachte ich mühsam einen krächzenden Schrei hervor. Kurz darauf erschien eine Krankenschwester, ihre Schwesterntracht war jedoch auch aus Gummi und sie trug eine Gasmaske. Am Kopfende meines Bettes drückte sie einen Knopf und kurz darauf erschien ein Arzt.

„Na, wieder unter den Lebenden? Sie haben aber gewaltig lange geschlafen. Ich werde Ihnen nun kurz das weitere Vorgehen schildern. Doch keine Angst, das meiste wird unter Narkose gemacht. Wenn Sie aufwachen, ist das Schlimmste bereits überstanden."
„Was haben Sie mit mir vor?" krächzte ich.
„Wir werden Sie Schritt für Schritt in eine junge hübsche Frau verwandeln, mit der jeder Mann gerne Sex hätte."
Der Arzt lächelte dabei, doch es sah irgendwie komisch aus, so als würde er etwas anderes meinen als er sagte. Ich war jedoch zu groggy um weiter darüber nachzudenken und sagte nur „Ich freue mich schon darauf."

„Sehen Sie. Sie werden einen Körper bekommen, von dem jeder Mann nachts träumt. Um alles Weitere kümmern wir uns. Nun versuchen Sie noch etwas zu schlafen... ."
Als der Arzt das Zimmer verließ, betrat eine weitere Schwester den Raum. Sie zog den Bettdecke von mir und rieb mich mit einer übel riechenden braunen Creme ein. Diese Creme brannte wie Feuer auf meiner Haut, doch an meinen empfindlichen Stellen im Schritt war der Schmerz unerträglich. Sie schien jedoch gerade dort die Creme besonders intensiv einzumassieren.

Als die Schwester mich losband und unter die Dusche stellte, war nur kurz eine Linderung zu spüren. Meine Schamlippen waren komplett wund, trotzdem konnte ich meine Finger nicht davon abhalten, mir etwas Entspannung zu verschaffen. Daß ich die ganze Zeit mit einer versteckten Kamera beobachtet wurde, fiel mir nicht auf. Die Schwester führte mich anschließend wieder zum Bett und setzte mir dort eine Maske auf, die mit einer Gasflasche verbunden war. Plötzlich war die Welt wie in Watte gepackt, dann wurde es Nacht.

Mit einem mächtigen Brummschädel erwachte ich wieder in dem Krankenzimmer. Ich versuchte mich aufzurichten, was jedoch nicht gelang. Zuerst dachte ich, ich wäre wieder am Bett festgebunden, doch ich spürte keine Fesseln. Mit großer Anstrengung versuchte ich meinen Kopf zu heben. Obwohl ich ohne Zudecke nackt auf dem Bett lag, konnte ich meinen Körper nicht richtig erkennen. Ein paar riesige Brüste versperrten mir den Blick. Mehrere Schläuche gingen vom Bett weg, doch wo die Schläuche endeten war nicht zu erkennen. Ich versuchte etwas zu sagen, bekam aber kein Wort heraus.

Langsam klärte sich mein Blick und ich erkannte über dem Bett einen großen Spiegel, in dem ich mich verschwommen sehen konnte. Erst nach mehrmaligem Blinzeln wurde das Bild deutlicher. Mein ganzer Körper war in schwarzes Gummi gehüllt, meine Brüste waren stark vergrößert worden und die Taille wirkte extrem schmal. Meine Beine und Füße waren dick bandagiert. Doch das Auffälligste war, ich hatte keine Arme mehr.

Eine Schwester betrat den Raum und prüfte kurz alle Schläuche, ich wollte etwas sagen, habe aber nur ein röchelndes Geräusch hervorgebracht. Die Schwester streichelte mir daraufhin beruhigend über den Kopf. Erst jetzt bemerkte ich, daß dieser total kahl war. Die Schwester war noch nicht aus dem Zimmer, da war ich auch schon wieder eingeschlafen.

Die nächsten Wochen vergingen wie im Fluge. Ich dachte nur noch selten an Ursula. Simone und ich hatten eine Menge Spaß mit Natalie, auch durch die vielen Spielsachen, die Dieter mitgebracht hatte.

Dann kam ein Anruf von Dieter. Er erklärte mir nur kurz, was mit Ursula bereits geschehen war und fragte, ob ich sie noch einmal sehen wollte. Eine Stunde später saß ich im Auto auf dem Weg zu Dieter.

Dieter hatte wesentliche Szenen der Operation auf Video aufgezeichnet und erklärte mir die Bilder.

„Ursulas Arme wurden direkt aus dem Schultergelenk entfernt, nicht der kleinste Übergang ist später zu sehen. Dann wurden die untersten zwei Rippenpaare entfernt und 3 weitere Rippenpaare gekürzt. So entstand ein Oberkörper, der wie gedrechselt wirkte. Die Brüste bekamen dann Silikoneinlagen, die jeweils 2000 cm³ groß waren."

Dieter sagte, daß die Menge später noch ergänzt werden könne, die Haut jedoch im Moment schon so gewaltig spanne. Ältere Frauen hätten hier jedoch durchaus einen Vorteil, da die Haut eh nicht mehr so straff wäre. Die Harnröhre wurde im Zuge der Unterleibsoperation mit dem Dickdarm verbunden. "Ein spezielles Verbindungsstück verhindert hier, daß Bakterien aus dem Darmtrakt in die Blase gelangen. Ursula wird sich also in Zukunft immer selbst klistieren."

Dann erklärte mir Dieter, was mit Ursulas Beinen gemacht wurde. Die Gelenke an Hüfte und Knien wurden durch Federstahlimplantate verstärkt. Ihre Beine sind auf diese Weise immer leicht geöffnet und auch etwas angewinkelt. Nur mit großer Kraftanstrengung wird es Ursula möglich sein, halbwegs ordentlich zu laufen. Es wird mehr ein Watscheln sein. Die Fußgelenke wurden komplett versteift, nachdem ihre Füße durch Ballettstiefel in die richtige Form gebracht wurden. Auch wenn sie die Stiefel ausziehen könnte, die Fußhaltung würde für immer so bleiben."
„Sie wird aber keine Schmerzen empfinden?"
Ich sah Dieter fragend an.
„Nein, natürlich nicht", beeilte er sich mir zu versichern.
„Wenn ich etwas zusichere, dann halte ich es auch."

Irgendwie hatte ich das Gefühl, ich könne ihm nicht trauen. Es war die Art und Weise, wie er es sagte.
„Sie wird eine Menge Spaß im weiteren Leben haben. Nach dieser Operation haben wir Ursula in ein künstliches Koma versetzt um den Heilungsprozeß zu beschleunigen."
Die Bilder des Videos wechselten. Ich sah Ursula nackt auf einem Bett liegen. Zwei Gummischwestern betraten mit einem Arzt und einem Handwagen den Raum. Ursula schien nicht bei Bewußtsein. Als erstes wurde ihr ein transparenter Gummianzug angezogen. Obwohl er sehr klein wirkte, schien es beim Anziehen keinerlei Probleme zu geben.
„Dieser Gummianzug ist ähnlich dem, den wir Beate angezogen haben. Er ist sehr dünn, aber trotzdem aus einem sehr widerstandsfähigen Gummi gefertigt."
Auf dem Handwagen lag ein Teil, das wie ein Korsett aussah. Es war jedoch nicht aus Gummi, sondern schimmerte metallisch. Ich sprach Dieter darauf an.

„Da an Ursulas Oberkörper weitreichende Modifikationen vorgenommen wurden, habe ich ein Metallkorsett ausgewählt. Es besteht aus vielen Einzelteilen und ist durch interne Federn in der Lage, einen permanenten Druck auszuüben. Das Korsett wird nach dem Schließen kontinuierlich enger. Ursula wird über einen langen Zeitraum eine immer schmalere Taille bekommen. Die einzelnen Schritte sind jedoch so gewählt, daß es nur Bruchteile eines Zoll pro Monat sind."
„Und wo ist das Ende erreicht?"
„So circa bei 30 Zentimeter Taillenumfang. Doch bis dahin wird es eine ganze Weile dauern."
Natürlich sagte ich Bernd nicht die Wahrheit, zumindest nicht die

ganze. Der Arzt hatte durch ein paar Tests schnell herausgefunden, daß Ursula durchaus Schmerzen nicht abgeneigt war. Bei der Haarentfernung wurde die brennende Creme tief in ihre Vagina massiert und Ursula war anschließend im Schritt total wund. Trotzdem brachte sie sich beim Duschen zum Höhepunkt.

Auch über das Korsett verschwieg ich einiges. Natürlich würde es sich nur langsam verengen, doch bereits in wenigen Wochen würde Ursula die 30 Zentimeter erreichen. Erst von dort an würde sich der Prozeß verlangsamen.

„Das Korsett wird Ursulas Bauch ganz flach machen und den Rücken stark durchdrücken. Nachdem es erst mal verschlossen ist, gibt es keine Möglichkeit mehr es zu entfernen. Die Verschlüsse sind im Rücken in den Korseträndern verborgen und nach dem Schließen wird der Mechanismus automatisch in Gang gesetzt, der das Korsett verengt. Mechanisch ist dem Korsett nicht mehr beizukommen und thermische Versuche würden zu starken Verbrennungen führen. Als nächstes kommt die äußere Gummihaut. Wir haben uns für schwarzes Gummi entschieden. Der Anzug ist so geschnitten, daß er in der standardmäßigen Haltung der Beine faltenlos anliegt."

Auf dem Video war zu sehen, wie eine Schwester den schwarzen Gummianzug hereinbrachte. Bevor Ursula jedoch den Anzug angezogen bekam, wurde eine Maske vorbereitet. Bernd hatte es bereits bei Lydia gesehen. Die Maske wurde auch hier in eine Plexiglaskugel gelegt, dann der Halsabschluß mit einem Metallreif aufgespannt, bis er den Rand der Plexiglaskugel erreicht hatte. Aus der Maske heraus ging noch der Magenschlauch, die Luftschläuche wurden Ursula bereits während der Operation eingesetzt. Dann wurde die Luft zwischen Maske und Plexiglas abgesaugt. Deutlich war zu sehen, wie die Maske größer wurde. Der Arzt führte nun den Magenschlauch in den Rachen von Ursula ein und die Plexiglaskugel wurde über den Kopf gestülpt. Der ganze Vorgang dauerte nur wenige Sekunden, dann wurde der Metallreif entfernt und die Maske lag faltenfrei an Ursulas Gesicht an.

„Gleich werden noch die Nasenlöcher freigeschnitten und der Verschluß aus dem Magenschlauch entfernt; wären diese Öffnungen nicht verschlossen gewesen, hätte die Luft nicht abgesaugt werden können. Wir hatten mal einen Versuch gemacht mit Spanndrähten, doch das ging manchmal mit Beschädigungen an der Maske einher. Die Plexiglaskugel hat sich in der Praxis besser bewährt."
„Was ist mit den Augen?"
„Die bleiben erst mal verschlossen. Eventuell später können sie immer noch geöffnet werden." Mir war klar, das würde sicher nie geschehen. Es gab keinen Grund dafür, daß Ursula sehen können mußte, doch das sagte ich Bernd natürlich nicht.

Der schwarze Gummianzug war nun auch schon vorbereitet. Da Ursula noch immer betäubt war, wurde der Halsausschnitt mit einer

Rosette gedehnt und ihr lebloser Körper wurde langsam in den Anzug geschoben. Bedingt durch das Korsett war es nicht nötig, daß der Anzug in der Taille stärker und enger war. Das Gummi war nur ein bis zwei Millimeter dick, aber immerhin. Zwei Schwestern schoben den Anzug langsam über Ursulas Körper, während eine weitere Schwester dafür sorgte, daß die Beine an die richtige Stelle kamen. Als die Füße ihr Ziel erreicht hatten, schob diese Schwester die Vaginal- und Analeinsätze mit einem kräftigen Druck in Ursula hinein. Als die Halskrause entfernt wurde, war deutlich zu sehen, daß der Anzug im Bereich der Brüste nicht so knalleng anlag.

„Gleich wird der Arzt den Anzug über den Brustwarzen frei legen und kleine Ventile einkleben. Um die Silikonimplantate sind noch weitere Gummibeutel in die Brust eingesetzt worden, die über diese Ventile befüllt werden können. So ist eine spätere Brustvergrößerung ohne Operation möglich. Wenn alles gut befüllt ist, hat Ursula eine 70HHH. Die schwarze Gummihaut wird dann auch über den Brüsten glatt und straff anliegen."

Deutlich war nun auch zu sehen, wie die Beinstellung war. Ursula lag mit durchgestrecktem Kreuz auf dem Bett und die Oberschenkel waren leicht gespreizt. Die Knie waren geringfügig angewinkelt, doch die Fußsohlen lagen komplett auf. Fast entstand der Eindruck, dass die Füße sogar mehr durchgestreckt waren als in Ballettschuhen.
„Schuhe sind nicht nötig. Das Gummi ist im Bereich der Füße wesentlich dicker und Ursula wird nur auf Zehenspitzen laufen können."
Natürlich war mir zu diesem Zeitpunkt klar, daß Ursula gar nicht mehr laufen würde, zumindest ohne entsprechende Ballettstiefel, die Belastung der Zehen wäre zu groß.

„Komm Bernd, wir schauen uns das fertige Produkt an." Irgendwie gefiel mir die Bezeichnung Produkt, auch wenn ich deutlich sah, wie Bernd dabei zusammenzuckte. Das was aus Ursula geworden war, hatte nicht mehr viel menschliches. Ich glaube, Bernd hatte ganz schön zu schlucken, hatte er sich doch sicher etwas anderes vorgestellt. Ich ging mit ihm in das Zimmer von Ursula. Pfeifend atmete sie durch die Ventile in den Nasenlöchern ein und aus, nur im oberen Brustbereich war etwas Bewegung zu sehen. Das Stahlkorsett hatte ihre Taille inzwischen auf 42 Zentimeter gebracht.

Erst jetzt sah Bernd Ursulas Maske richtig. Dort, wo einmal ihr Mund und Nase war, befand sich nun eine künstliche Vagina. Bernd streichelte vorsichtig über Ursulas Körper und steckte einen Finger in Ursulas ,Mund'. Sofort war ein schmatzendes Geräusch zu hören und Bernds Zeigefinger wurde in die Gesichtsvagina gesaugt.

„Ein tolles Gefühl, nicht wahr, Bernd?"
Er sah mich entgeistert an, brachte jedoch keinen Laut heraus.
„Mach dir mal nicht solche Sorgen. Es geht Ursula gut und sie wird tolle Abenteuer erleben."

71

Bernd verabschiedete sich mit einem zärtlichen Kuss auf Ursulas Stirn, dann verließen wir das Zimmer. In wenigen Stunden schon würd Ursula versandfertig gemacht und am Flughafen ihrem zukünftigen Besitzer übergeben.

Später habe ich Bernd noch ein wenig beruhigen müssen. Ich habe ihm unmißverständlich klar gemacht, daß der Kundenwunsch immer im Vordergrund steht. Da gebe es nichts zu vertun. Eindringlich schwor ich ihn ein, daß absolutes Stillschweigen nötig war, ansonsten würde er selbst die Konsequenzen tragen, mitgegangen, mitgehangen.

Wochen später erhielt ich durchweg positive Resonanz auf Ursula. Die Männer meines Kunden waren sehr zufrieden mit ihr. Vor allem die leichte Reinigung nach ausgiebigem Verkehr überzeugte. Er deutete an, er würde mir gern einige seiner Lieblingsfrauen zur Behandlung schicken. Es ist doch immer wieder schön, von seinen Kunden solch ein Lob zu erfahren....

Ich konnte immer noch nicht glauben, was Dieter mir angetan hatte. Ich war hilflos wie eine Puppe und wurde x-mal am Tag von meinen neuen Besitzern in alle möglichen Löcher gevögelt. Von wegen keine Schmerzen, nicht nur die große Hitze machte mir zu schaffen, auch das Korsett schnitt mich langsam entzwei. Fast schon war es angenehm, wenn das Sperma mit einem kalten Wasserstrahl wieder entfernt wurde.

Einer dieser Typen hatte wohl eine Vorliebe für Gasmasken und setzte mir immer ein recht schweres Modell auf. Den Filter entfernte er zuvor und steckte seinen Schwanz durch die Öffnung in meinen Mund oder was davon übrig war. Dabei bekam ich kaum Luft und erlebte alles wie in Trance.

Manchmal hatte ich jedoch auch das Gefühl, zärtliche Frauenhände an mir zu spüren. Mit viel Gefühl brachten sie mich zu meinen schönsten Höhepunkten...

Ich saß in Gedanken versunken im halbdunklen Wohnzimmer. Meine Gefühle waren zwiespältig. Einerseits fand ich Gefallen daran, was aus Natalie und Simone geworden war, andererseits waren meine Vorstellungen bezüglich Ursula andere gewesen. Ich war überzeugt, daß Dieter es von Anfang an genau geplant hatte. Soviel wie ich erfuhr, war Ursula nun ein Spielzeug von Extremisten in der arabischen Wüste geworden. Selbst wenn alle Gummi-puppen, die ich bisher getroffen hatte, durch Schmerz und Fixierung den Lustkick bekamen, den sie immer gesucht hatten - ging es nicht doch zu weit? Abgesehen davon, daß ich Natalie in ihrer jetzigen Form nicht mehr missen wollte, welche praktische Chance hätte ich, aus der Sache auszusteigen? Wir hatten bei Dieter unsere Schulden abzuarbeiten und wir wußten eindeutig zu viel. Wenn wir flüchten und um Polizeischutz bitten würden? Vor Dieter wären wir vielleicht sicher, aber ich würde ins Gefängnis wandern und Natalie in die Nervenheilanstalt. Man würde sie aus ihrer Hülle befreien, aber was dann? Ihr altes Leben würde sie nie wieder so führen können wie bisher. Und wer sollte sich dann um sie kümmern?

Natalie riß mich aus meinen Gedanken, indem sie sich dicht vor mich stellte und mir aufreizend ihre Gummivagina direkt vors Gesicht hielt. Ich wußte, daß dies eine Aufforderung zum Sex war. Noch immer wurde ich beim Anblick von Natalie total geil, dies schien sie auch genau zu merken und provozierte mich bei jeder Gelegenheit. Ich wischte meine Grübelei vom Tisch und wandte mich lieber den schönen Dingen des Lebens zu.

Gerade als ich meine Hose öffnen wollte, klingelte das Telefon. Dieter war dran.
„Nun, hast du dich wieder eingekriegt? Ursula geht es besser als jemals zuvor."
„Du weißt, wie ich darüber denke. Ich glaube, wir, oder besser du bist zu weit gegangen."
„Wie dem auch sei... , deshalb rufe ich nicht an. Ich habe da einen neuen Auftrag bekommen. Ein Theater plant eine avantgardistische Aufführung. Ich habe mit dem Regisseur bereits gesprochen. Ich finde, es wäre eine prima Idee, wenn Natalie und Simone mitmachen würden."

So wie Dieter es sagte, war es kein Wunsch.
„Wann soll es denn sein?"
„Es sind noch etliche Vorbereitungen nötig. Die Premiere soll bereits in 2 Wochen am Sonntag sein. Ich denke, wir sollten uns möglichst sofort treffen."
Dieter gab mir die Adresse des Theaters durch. Bereits heute Abend sollte ich mich mit Simone und Natalie dort einfinden. Alles weitere dort.

Der Auftrag war interessant. Mal was ganz anderes. Ich stellte nicht viele Fragen am Telefon und vereinbarte ein Vorgespräch. Mein Gegenüber war so Ende Fünfzig, sah sehr gepflegt aus und war mit Sicherheit ein Frauentyp. Er stellte sich vor als Maik.

„Ich habe da ein Problem und hoffe, daß Sie mir helfen können."
„Bisher habe ich jedes Problem irgendwie lösen können. Erzählen Sie mir mehr von Ihrem ‚Problem'."
„Das Problem ist meine Frau. Sie ist jünger als ich, wesentlich jünger. Und sie betrügt mich."
„Was stellen Sie sich vor ?"
„Ich habe von einem Bekannten, der Name tut nichts zur Sache, erfahren, daß Sie auf dem Gebiet ‚Körpermodifikation' tätig sind. Wenn es stimmt, wäre es genau das richtige für mich, beziehungsweise für meine Frau natürlich."
„Reden Sie weiter, bisher sehe ich kein Problem." Ich hielt mich mit Äußerungen über die Möglichkeiten des SM-Kreises absichtlich etwas zurück. Zuerst wollte ich herausbekommen, was er im Sinn hatte.

„Wie Sie wissen, betreibe ich ein kleines Theater. Meine Frau ist Schauspielerin und möchte wenn möglich auch weiterhin die Hauptrolle haben. Doch seit einiger Zeit betrügt sie mich mit einem anderen Mann. Ich möchte dies natürlich gerne unterbinden, denke jedoch noch einen Schritt weiter."
„Hört sich interessant an."
„Also, ich habe ein Konzept für ein neues Theaterstück. Und die Rolle meiner Frau schwebt bereits vor meinen Augen. Das Ganze sollte so durchgeführt werden, daß sie denkt, es wäre eine ganz normale Rolle. Wir hatte schon oft Aufführungen mit recht bizarrem Inhalt, Leder, Latex, Stahl und alle erdenklichen Kostüme sind nicht ungewöhnlich für mich. Doch diesmal wird Petra die Rolle ihres Lebens spielen ... ."

Er sprach noch eine ganze Weile mit mir die Einzelheiten durch. Vieles war trotz meiner jahrelangen Erfahrung neu für mich. Ich setzte mich unverzüglich mit Peter in Verbindung. Der wiederum machte einen Termin mit unseren Fachleuten.

Pünktlich zur Auftragsbesprechung fand ich mich ein. Seit meinem Gespräch mit Maik Schubert waren fast zwei Wochen vergangen. Mit mir im Raum waren Peter und zwei unserer fähigsten Ärzte, Dr. Friedrich und Dr. Simon.

Zu Dr. Friedrich, unserem Mediziner, muß ich nichts mehr sagen. Dr. Simon, und zwar Dr. Anja Simon, war Mitte Dreißig und sehr attraktiv. Sie hatte sich jedoch jede Annäherung verbeten und dies wurde von uns auch respektiert. Ihr Hauptarbeitsgebiet war Chemie und Biologie. Sie war es, die den Bio-Klebstoff entwickelt hatte. Eine außerordentlich fähige Frau und dazu auch noch durch und durch pervers. Diese Frau hatte man besser nicht zum Feind.
„Wir haben uns bereits Gedanken gemacht und können auch schon erste Ergebnisse vorweisen."

Dr. Simon nahm ein Plastikteil in die Hand.
„Auf den ersten Blick sieht es aus, wie ein Teil einer Schaufensterpuppe. Es ist anatomisch geformt und aus einem leichten Kunststoff hergestellt. Der Unterarm, den Sie hier sehen ist innen hohl
und kann somit wie ein Handschuh übergestreift werden. Zu
diesem Zweck sind die Maße etwas größer als bei dem
entsprechenden Subjekt."

Wir hörten Ihr gespannt zu. Nach allem, was sie in den letzten
Jahren entwickelt hatte, konnte ich mich auf Überraschungen
einstellen. Wenn sie von Ergebnissen sprach, war das endgültige
Produkt schon fast fertig.

Dr. Simon verließ kurz den Raum und brachte eine junge Frau mit,
die abgesehen von einem weißen Kittel barfuß bis zum Hals war.
„Dieses Mädchen hat sich uns als Versuchsperson zur Verfügung
gestellt." Das Mädchen zog nun den Kittel aus. Vom Hals abwärts
war sie vollkommen unbehaart.
„Wie sie sehen, ist sie bereits vorbereitet. Ich werde ihr nun den
Arm sowie alle weiteren Teile überstreifen. Wie sie alle sehen, ist
das Plastik flexibel und ermöglicht so ein leichteres Anziehen."
Dr. Simon hielt dem Mädchen zunächst ein Höschen aus Plastik hin.
Dieses hatte für Anus und Vagina zwei Röhren, die von dem
Mädchen ohne Widerspruch in die Körperöffnungen eingeführt
wurden.

„Unsere Probantin ist bereits gut trainiert. Ihre Körperöffnungen
nehmen inzwischen auch größere Gegenstände ohne Probleme auf.
Erleichtert wird dies durch eine Spezialbeschichtung, auf der Haut
sehr leicht gleitet. Das Höschen sitzt bereits sehr gut, auch wenn es
zu diesem Zeitpunkt noch recht groß ist. Doch nun zu den weiteren
Teilen."
Dr. Simon half dem Mädchen in das Oberteil. Dieses ging etwas
über den Bund des Höschens und hatte einen kleinen Stehkragen.
Scheinbar mühelos ließ dieser sich dehnen. Die Brüste waren gut
modelliert und sahen ziemlich echt aus, für die Brustwarzen waren
kleine Löcher vorgesehen. Einer weiteren Behandlung der
Brustwarzen stand also nichts im Wege. Es folgten die Armschalen
und Schalen für die Oberschenkel. Auch diese überlappten jeweils
die zuvor angebrachten Teile.

„Wichtig ist, daß jedes Teil paßgenau sitzt. Achten Sie bitte auf die
Nähte an denen sich die Teile überlappen. Hier sind später kleinere
Bewegungen möglich."
Nun wurde der Kopf verkleidet. Das Mädchen setzte sich dazu auf
einen Stuhl und Dr. Simon bat uns, näher zu treten.

„Damit alles seinen Zweck erfüllen kann, ist es wichtig, daß im
Bereich des Kopfes besonders genau gearbeitet wird. Die
Kopfmaske besteht aus drei Teilen. Der erste Teil umfasst den
gesamten Hinterkopf von der Stirn bis in den Nacken. Zu beachten
ist hierbei, daß die Ohreinsätze richtig sitzen. Spätere Justierungen

sind kaum möglich und führen zu einem schlechten Arbeitsergebnis."

Das Mädchen wurde etwas unruhig, doch Dr. Simon beruhigte es mit ein paar Worten.
„Du mußt Dir keine Sorgen machen, es ist alles in Ordnung, an alles ist gedacht. In wenigen Minuten bin ich fertig und Du kannst Dich entspannen."

Peter nahm mich am Arm und warf mir einen bedeutsamen Blick zu. Mir war klar, daß dieses Mädchen in keinster Weise wußte, worauf es sich eingelassen hatte. Wie ich Dr. Simon kannte, war das Schicksal des Mädchens besiegelt.

Peter flüsterte mir leise ins Ohr
„Für ihre Zukunft ist bereits gesorgt. Wir müssen nur noch einige Langzeittests mit dem Kunststoff durchführen."
Das Mädchen beruhigte sich wieder und Dr. Simon fuhr fort.
„Du wirst nun gleich alles nur noch sehr gedämpft hören. Mach Dir deshalb keine Sorgen."
Mit den Daumen zog Dr. Simon das Kopfteil an den Ohren auseinander und streifte es dem Mädchen über. Oben auf dem Kopf waren viele kleine Löcher, durch die sie jetzt mit einem Häkelhaken die Haare des Mädchens durchzog. Ich hatte dies bereits zuvor bei einem Frisör gesehen, als dieser einer Frau Strähnchen machte. Einige Zeit später war von dem Plastikteil kaum noch etwas zu sehen. Statt dessen war die volle Haarpracht des Mädchens zum Vorschein gekommen.

„Ich habe mich zu dieser Art der Maske entschieden, weil so das Haar weiter wachsen kann. Der vordere Teil der Maske besteht nun aus zwei Teilen und einem Knebel. Die Gesichtsmaske ist im Bereich des Halses geteilt, so kann später der Kopf noch bewegt werden."
Zu dem Mädchen gewandt sagte sie
„Mach bitte den Mund so weit wie möglich auf."
Dr. Simon zog sich nun OP-Handschuhe an und nahm aus einer Plastikschale einen Knebel mit angearbeitetem Schlundrohr. Das Gel in dem er schwamm war mir gut bekannt, an der Reaktion des Mädchens sah ich jedoch, daß sie nicht eingeweiht war. Wie angeordnet, hatte es den Mund weit geöffnet und Dr. Simon führte das Schlundrohr mit viel Routine ein. Der anatomisch geformte Mundteil erforderte trotz weit geöffneten Mund erhebliche Anstrengungen bis er die Zahnreihen des Mädchens aufnahm.

„So, nun beiß mal richtig fest zu." Dr. Simon half dem Mädchen dabei indem sie den Unterkiefer fest nach oben drückte. Die Lippen des Mädchens waren nun weit geöffnet von einem breiten Plastikkranz verdeckt. Das Mädchen atmete heftig durch die Nase und versuchte mit den Händen an den Mund zu kommen. Die Plastikteile der Arme, obwohl noch recht flexibel, ließen dies jedoch nur bedingt zu und Dr. Simon drückte sie zudem fest auf den Stuhl.

„Ganz ruhig, gleich hast Du es geschafft. Nur noch das Vorderteil und die Beine und Du kannst Dich entspannen. Hab ein wenig Vertrauen zu mir."
Vertrauen war das letzte, was ich zu Dr. Simon hätte. Doch das Mädchen schien trotz allem Ungemach arglos.

„Ich setze ihr nun zuerst den vorderen Halsteil ein. Die Verzahnung mit dem hinteren Maskenteil und dem Oberteil ist hierbei besonders wichtig. Später werden nur noch dünne Nähte zu sehen sein. Entlang der Nähte ist begrenzt eine Bewegung des Körpers möglich, ähnlich einer Schaufensterpuppe."
Deutlich war das Einrasten des Halsteils zu hören. Da das Plastik noch weich war, hatte die Rüstung noch eine begrenzte Flexibilität. Das Mädchen bewegte deutlich sichtbar die Finger, wagte jedoch keine weitere Bewegung. Dr. Simon brachte nun den Gesichtsteil an. Zwei dicke Schläuche, ebenfalls mit dem als Gleitmittel eingesetzten Bio-Kleber wurden in die Nasenlöcher eingeführt. Um die Augen waren in der Gesichtsmaske Gummiringe, die dann unter die Augenlider kamen. Damit die Augen nicht gänzlich ungeschützt waren, hatte die Maske künstliche Augen aus Glas.

„Die Augeneinsätze gefallen mir besonders. Ich denke, eine Puppe sollte auch Puppenaugen haben. Sie wird zwar nicht blind sein, doch viele Details ihrer Umwelt wird sie nicht sehen."
Es folgten die Schuhe. Oberflächlich betrachtet ein paar Ballettstiefel aus Gummi. Doch das wäre nicht Dr. Simon gewesen.
„Die Stiefel sind aus dem gleichen Kunstgummi, aus dem wir sonst Korsagen herstellen. Relativ wenig dehnbar und sehr belastbar. Ich habe die Stiefel bereits mit unserem Bio-Gel behandelt. Sie wird also fast wie von selbst in die Stiefel rutschen."
Die Stiefel waren sehr spitz und gingen bis über die Knöchel. Die vordere Schnürung war offen und es war kein Senkel eingezogen. Trotz Gel war ein wenig Druck nötig um die Füße des Mädchens in die Stiefel zu bringen. Es war typisch für Dr. Simon, dass die Stiefel nicht die richtige Größe hatten.

„Wie sie sicher bemerkt haben, habe ich die Reihenfolge mit Bedacht ausgewählt. Für Sie ist bei dem Mädchen durch die Maske nichts zu bemerken. Der Knebel enthielt zudem ein starkes Beruhigungsmittel, es wurde freigesetzt, als sie fest zugebissen hat. Ohne sie müsste sie nun fixiert werden. Diese Stiefel sind alles andere als bequem."
„Wir hatten es nicht anders erwartet von Ihnen, Dr. Simon" sagte ich.
„Dann sind wir uns also einig. Sie glaubten wahrscheinlich sowieso nicht, daß dieses Mädchen nachher wieder befreit werden würde."

Dr. Simon nahm nun das Spanngerät. Ein ähnliches Gerät hatte ich bei Beate verwendet um das Korsett zu verschließen.
Unbarmherzig wurden die Stiefel nun geschlossen, jedes Mal, wenn die Stiefelränder sich berührten ertönte ein Knall. Öse für Öse wurde so geschlossen. Der Fuß bildete nicht nur eine Linie mit dem

Schienbein, es schien sogar, als wenn der Fuß darüber hinaus noch weiter durchgebogen wurde.

„Es wird anfänglich kaum möglich sein, in diesen Stiefeln zu laufen, doch sie wird es schon lernen. Allzu große Schritte wird sie sowieso nicht machen können."

Als beide Stiefel komplett geschlossen waren, zog Dr. Simon über jeden Fuß ein entsprechendes Plastikteil. Die Illusion, daß auf dem Stuhl eine Schaufensterpuppe saß, war perfekt.
„Bitte helfen Sie mir kurz. Wir legen das Mädchen für am besten für die folgende Endbehandlung auf den Fußboden."
Der Stuhl wurde zu Seite gestellt und Dr. Simon zog sich eine Atemmaske über.

„Bitte treten Sie dazu einen Schritt zurück, meine Herren." Sie richtete die Gliedmaßen des Mädchen aus und nahm eine Sprühflasche. Teil für Teil sprühte sie nun ein. Bereits nach wenigen Augenblicken war zu sehen, wie das Plastik sich zusammenzog. Es schien außerdem ein wenig transparent zu werden. Als die Vorderseite fertig war, drehte Dr. Simon das Mädchen auf den Bauch und besprühte den Rücken.
„Wenn unsere bisherigen Versuche nicht trügen, ist in wenigen Minuten das Plastik hart und fast unzerstörbar geworden. Aus eigener Kraft kommt sie also auf gar keinen Fall aus dem Plastik-panzer. Der Effekt, daß sich das Plastik zusammenzieht ist gewollt und lässt sich durch mehrmaliges Einsprühen wiederholen. Ich denke, gerade im Bereich der Taille sollte ich es noch mehrmals durchführen. Der Genitalbereich kann später verschlossen oder mit Gummieinsätzen versehen werden, je nach Wunsch des Kunden."

„Ich muß gestehen, ich bin begeistert."
Mir war sofort klar, daß die Vorstellungen von Maik Schubert erfüllt, wenn nicht gar übertroffen würden. Mit meiner Hilfe richtete Dr. Simon das Mädchen auf stellte es auf die Zehenspitzen. Um das Gleichgewicht zu halten versuchte es die Arme zu bewegen, was jedoch nur sehr begrenzt möglich war. Gestützt von mir und Peter lief das Mädchen mit kleinen Schritten zum Tisch. Mit den Ober-schenkeln lehnten wir sie gegen die Tischplatte, ihre Hände reichten so fast genau auf Tischhöhe. Als wir sie losließen, konnte sie sich mit Mühe aufrecht halten.

Worauf hatte ich mich nur eingelassen. Nun stand ich splitternackt hier im Raum und zog ein Höschen aus Plastik an. Ich entspannte mich und führte langsam die dicken Rohre in mich ein. Glücklicherweise hatte ich in den letzten Wochen meinen Schließmuskel schon oft gedehnt.

Während des Studiums litt ich unter chronischem Geldmangel. So war ich froh, daß Dr. Simon mir diese Nebentätigkeit angeboten hatte. Wie sie andeutete, war durchaus auch eine dauerhafte

Anstellung möglich. Wie dauerhaft wußte ich zu diesem Zeitpunkt noch nicht. Sie führte damals intensive Gespräche mit mir. Speziell über sexuelle Veranlagung, aber auch über Familie, Freunde usw.. Obwohl das eine oder andere durchaus ungewöhnlich war, beantwortete ich alle Fragen.

Vor einer Woche hatte sie mich dann mit in diese Klinik genommen. Sie sagte, daß ich auf den bevorstehenden Test vorbereitet werden müsse. Da im Moment eh Semesterferien waren, hatte ich kein Problem damit. Außerdem war die Bezahlung gut.

Ich wurde genauestens vermessen und bekam eine spezielle Diät. In den ersten Tagen hatte ich davon Durchfall bekommen, Dr. Simon sagte aber, daß dies normal sei. Sinn der Diät sei es, mich auch innerlich komplett zu reinigen. Für den folgenden Versuch werde meine Ernährung komplett umgestellt.

Die Anwesenheit von Dr. Simon beruhigte mich. Teil für Teil zog sie mir an, bis ich bis auf Kopf und Füße komplett in Plastik eingepackt war. Es war nicht mal unangenehm. Die Teile übten einen sanften Druck aus und waren auf der Innenseite so schön glatt. Deutlich spürte ich ein Kribbeln im Bauch, bei jeder Bewegung streichelte mich das Plastik.

Die Gesten der anwesenden Männer machten mich mißtrauisch. Sie schienen irgendetwas zu wissen, was ich nicht wußte. Doch ich setzte mich erst zur Wehr, als es schon zu spät war. Dr. Simon hielt mich mit sanfter Gewalt fest und beruhigte mich wieder.
Panik stieg in mir auf, als sie mir einen Schlauch in den Rachen steckte. Es war ein absolut scheußliches Gefühl. Am Ende des Schlauches war ein Mundstück, welches meinen Mund komplett ausfüllte. Dr. Simon mußte trotz meines weit geöffneten Mundes stark drücken bis es am vorgesehenen Platz war. Ich biß mit aller Kraft zu, als sie es mir sagte. Ich war im Glauben, daß ich das Teil einfach zerbeißen konnte, doch da hatte ich mich getäuscht. Statt dessen saßen meine Zähne im dem Gummiteil nun fest, so sehr ich auch versuchte, den Mund wieder zu öffnen. Ich wollte mit den Händen danach greifen, doch so flexibel waren die Plastikteile an meinen Armen nicht. Dann fühlte ich mich schläfrig und nahm alles nur noch wage wahr.

Ich kam wieder gänzlich zu mir, als ich um Halt kämpfend auf Zehenspitzen am Tisch stand. Die Schmerzen in meinen Füßen waren unerträglich, ich wollte schreien, doch kein Laut drang aus meinem Mund. In der spiegelnden Tischplatte sah ich mich - eine Schaufensterpuppe.

Natalie, Simone und ich kamen zum vereinbarten Zeitpunkt bei dem Theater an. Natalie hatte wieder das recht realistische Outfit mit den künstlichen Armen an, Simone sah dagegen aufreizend, um nicht zu sagen nuttig aus. Ich stellte meinen Wagen auf einem Parkplatz ab, nicht ohne mich zuvor zu vergewissern, daß Parken

hier unbegrenzt möglich war. Trotz voller Straßen nahmen nur
wenige Menschen Notiz von uns.

Wir betraten das Theater und erkundigten uns nach Maik. Das
Mädchen hinter der Kasse griff zum Telefon und sagte etwas, was
ich jedoch nicht verstand. Es musterte uns von Kopf bis Fuß, schien
jedoch durch Simones Erscheinung nicht sonderlich irritiert. Kurz
darauf kam ein Mann und begrüßte uns.

„Schön, daß Sie so pünktlich sind. Dieter ist auch schon da, er
erwartet Sie. Bitte folgen Sie mir."
Wir verließen den Theatervorraum durch eine unscheinbare Tür
und gingen durch alle möglichen Räume mit Requisiten. Schließlich
betraten wir eine Garderobe, in der Dieter schon auf uns wartete.
Der Mann, der uns hierher gebracht hatte, verließ uns.

"Hallo Natalie, hallo Simone, schön daß Ihr da seid."
Er nahm jede meiner beiden Frauen kurz in den Arm, dann
begrüßte er mich.
„Hallo Dieter."
Ich sprach es recht kühl aus. Es schien ihm jedoch nicht viel
auszumachen.
„Was hast Du für uns geplant?"

„Natalie und Simone werden kleine Nebenrollen spielen. Nichts
Besonderes. Der Regisseur Maik Schubert hat sich einen Namen
mit Avantgardetheater gemacht und Latex ist nichts Außer-
gewöhnliches für ihn. Der eigentliche Grund für meine Anwesenheit
ist Maiks Frau. Sie ist meine eigentliche Arbeit. Sie wird eine Art
Schaufensterpuppe spielen. Maik hat jedoch vor, das Engagement
unbefristet laufen zu lassen. Doch davon sollte sie zuvor natürlich
nichts wissen."

„Du meinst ... ."
„Genau, ich werde sie mit deiner Hilfe zur Schaufensterpuppe
machen."
„Warum will Maik das?"
„Maik wird von seiner Frau des längerem betrogen. Er möchte sich
auf diese Art bei ihr revanchieren. Ich fand die Idee gar nicht mal
schlecht und habe von unseren Fachleuten etwas erarbeiten
lassen."
„Und wie willst Du das bewerkstelligen?"

„Nun, Petras Rolle ist entsprechend geplant. Sie wird denken, es sei
ein ganz normales Kostüm. Für die ersten beiden Tage wird es
auch sein. Wir werden ihr erklären, daß sie dieses Kostüm rund um
die Uhr anbehalten soll, weil An- und Ausziehen sehr aufwendig ist.
Maik sagte mir, daß dies an sich auch nicht ungewöhnlich ist. Seine
Frau hätte eine sehr aufwendige Maske vor einigen Monaten auch
jeweils mehrere Tage getragen. Bei diesem Kostüm wird sie allerdings feststellen müssen, daß sie es nicht mehr ausziehen kann.
Das genau ist der Zeitpunkt um die Sache perfekt zu machen."
„Du meinst, sie wird zu Anfang gar nichts merken?"

„Genau. Erst wenn sie es feststellt, werden wir ihr Outfit so präparieren, wie es Maik möchte. Bei der Premiere wird Petra dann eine perfekte Schaufensterpuppe sein."

„Was für ein Theaterstück wird denn eigentlich aufgeführt?"
„Maik hat mir das Stück kurz erklärt. In dem Theaterstück geht es um Schach. Auf der Bühne wird ein großes Schachbrett dargestellt, auf dem die Schauspieler die Schachfiguren sind. Natalie spielt einen schwarzen Läufer, Simone wird die Rolle eines Pferdes haben, wozu sie mit ihren kleinen Hufen geradezu prädestiniert ist. Petra wird die weiße Königin spielen. Mit dieser Rolle wird sie die Hauptrolle assoziieren und sehr willig das entsprechende Kostüm anlegen. Für ihren Liebhaber hat Maik einen weißen Läufer vorgesehen. Die anderen Schauspieler werden übrigens auch alle Latex, Leder und Plastik tragen, jedoch ohne jegliche Sonderfunktion. Sie werden von eurer und Petras Sonderausstattung natürlich nichts mitbekommen."

„Wie willst Du das denn verhindern? Ich meine, die sind doch nicht blind."
„Petra hat als Hauptdarstellerin und Frau von Maik eine eigene Garderobe. Und ihr werdet auch nicht viel Zeit mit den anderen verbringen. Petra wird also immer im kompletten Kostüm erscheinen. Das ist zwar für Proben ungewöhnlich, Petra gilt jedoch als egozentrisch und sucht die Gesellschaft ihrer Schauspielkollegen nicht."
„Wann geht es los?"
„Ich denke, wir haben noch etwas Zeit. Petra ist mit Maik noch unterwegs. Doch wenn sie eintreffen, werden wir Petra sofort in ihr Kostüm einkleiden."

Maik war irgendwie komisch. Ob er etwas gemerkt hatte? Ich hatte mich mit Micha immer nur getroffen, wenn ich sicher war, daß uns wirklich keiner sah. Maiks Tagesablauf war trotz aller Unregelmäßigkeit eines Künstlers für mich recht gut planbar. Ich wußte immer, wann er welche Termine hatte und natürlich auch, wo er dann war. Trotzdem konnte es nicht für immer so weitergehen. Micha war einfach mein Typ. Gut, ich muß gestehen, Maik hatte auch seine Vorzüge. Trotz seines Alters war er immer noch ein recht attraktiver Mann. Aber im Bett lief nicht mehr viel. Das war mit Micha ganz anders.

„Erzähl mir über meine Rolle. Ich bin schon ganz gespannt."
„Es geht um Schach. Zwei Mächtige spielen Schach gegeneinander und die Figuren bewegen sich nach ihrem Willen. Die ganze Bühne ist das Schachbrett."
„Welche Rolle werde ich spielen?"
„Du bist natürlich die Königin, die weiße Königin."
„Toll. Schön, daß du mir diese Rolle gibst." Ich schmierte ihm bei Gelegenheit immer ein wenig Honig um den Bart. Ich hätte ihn umgebracht, wenn er mir nicht die Hauptrolle gegeben hätte, doch das mußte ich ihm ja nicht auf den Bauch binden.

„Die Rolle wird Dir einiges abverlangen. Du wirst ein sehr aufwendiges Kostüm tragen müssen."

„Du kennst mich, damit habe ich keine Probleme. Gerade die aufwendigen Kostüme gefallen mir. Muß ich es auch wieder mehrere Tage anbehalten wie beim letzten Mal?"

„Das wird unumgänglich sein. Du wirst es von der ersten Probe an tragen, damit du Dich daran gewöhnst."

„Nun spann mich nicht auf die Folter, verrat mir mehr über mein Kostüm."

„Du wirst von einem Spezialisten in eine Schaufensterpuppe verwandelt. Dazu bekommst Du noch ein wunderschönes Ballkleid an. Außer Dir werden noch einige wenige andere Figuren mit besonderem Outfit besetzt. Unter anderem wird eine Frau mit Hufschuhen ein schwarzes Pferd spielen."

„Das klingt aufregend. Wie kommst Du nur immer auf Deine Ideen?"

„Ein bischen Talent, ein wenig Phantasie und der Rest ist Mut zum Experiment."

"Du bist toll. Wann geht es los?"

„Heute Abend schon."

Sie schien wirklich sorglos. Es war ein Leichtes für mich, sie genau dahin zu bringen, wo ich sie haben wollte. Sie hatte es ohne Widerspruch geschluckt, daß sie das Kostüm mehrere Tage tragen mußte. Wenn sie sich gesträubt hätte, hätte ich gedroht, die Königin anders zu besetzen. Nie im Leben hätte sie dies zugelassen. So würde sie dann den Rest ihres Lebens die Königin spielen, das tat sie eigentlich schon immer, doch in einem anderen Sinn.

Dieter war mit seinen Helfern bereits im Theater, als ich mit Petra eintraf. Nach einer kurzen Vorstellung ließ ich Petra zurück. Die ersten Vorbereitungen sollten ohne mich stattfinden, schließlich war ich nie zugegen, wenn Schauspieler und Special-Effects-Fachleute das Vorgespräch führten. Außerdem hatte ich Angst, daß ich in letzter Sekunde alles verpatzen würde, so innerlich aufgewühlt war ich.

„Hat ihr Mann Sie schon über die Rolle aufgeklärt?"

„Er hat mir einiges gesagt, über mein Kostüm, über das Stück usw." Petra schaute aus den Augenwinkeln immer wieder zu Natalie und Simone. Insbesondere die Hufschuhe von Simone schienen ihr Interesse zu wecken.

„Ich werde Sie in den nächsten Stunden zu einem Mannequin machen. Sie werden die Königin des Schachspiels sein. Das Kostüm ist jedoch recht aufwendig."

„Maik hat mir schon gesagt, daß ich es mehrere Tage tragen muss. Das macht mir nichts aus, ich finde, es hat sogar einen gewissen Reiz."

„Sie werden das Kostüm auch nicht alleine ausziehen können, deshalb ist es besser, wenn sie es anbehalten. Simone wird ihnen nun helfen beim Zurechtmachen. Es sind einige Vorbereitungen zu treffen."

„Simone ist also der schwarze Springer. Maik hat mir davon erzählt. Recht kraß, mit kleinen Hufen an den Füßen herum zu laufen. Ist das nicht total unbequem?"

„Nein, gar nicht. Wenn alles gut auf Maß angefertigt ist, ist es sogar sehr bequem. Simone wird ihr Kostüm übrigens auch die ganze Zeit anbehalten, genau wie Sie."

„Ich denke, ich werde mein Kostüm auch erst wieder ausziehen, wenn Simone ihres auszieht."

„Genau so haben wir uns das gedacht."

Ich mußte mir ein Grinsen verkneifen. Petra wußte gar nicht, wie recht sie damit hatte.

Simone begleitete mich in meine persönliche Garderobe. Hier war alles, was ich so brauchte, große Spiegel, ein luxuriöses Badezimmer und viel Platz. Ich versuchte mit Simone ein Gespräch zu beginnen, sie deutete mir jedoch an, nicht sprechen zu können. War schon merkwürdig dieses Kostüm, das sie da anhatte. Sie bewegte sich jedoch sehr leichtfüßig auf diesen Hufen, schien also eine Menge Erfahrung damit gesammelt zu haben. Vielleicht hatte sie auch nur Ballettunterricht gehabt. Ich erinnere mich noch genau, als ich als Kind das erste Mal auf Zehenspitzen stand. Es tat höllisch weh und trotzdem hatte es einen besonderen Reiz. Später konnte ich dadurch problemlos in Schuhen mit den höchsten Absätzen laufen.

Simone gab mir eine rote Kapsel und ich fragte sie, wofür die sei. Sie deutete nur auf den Bauch und ich schluckte sie nach anfänglichem Zögern. Bereits wenige Minuten später begann es in meinem Bauch zu rumoren und ich mußte dringend zur Toilette und mich erleichtern. Die Tablette war also ein schnell wirkendes Abführmittel. Und wie es wirkte, ich wollte gerade das Badezimmer verlassen, da überkam mich erneut ein dringendes Bedürfnis. Es schien fast, daß mein gesamter Darminhalt abgeführt wurde. Als ein wenig Ruhe im Bauch eingekehrt war, entschloß ich mich zu duschen. Simone nahm mir meine Sachen ab und ließ mich wieder alleine im Bad. Unter dem warmen Wasserstrahl ging es mir dann schon besser.

Plötzlich spürte ich Simones Hände an mir. Sie war hinter mir in die Dusche gekommen. Ich war nicht prüde, doch fand ich es schon merkwürdig, wenn eine fremde Frau zu mir in die Dusche kam. Trotzdem ließ ich es ohne Widerspruch geschehen. Ihr gesamter Körper war nahtlos in schwarzes Gummi gehüllt. Wenn ich auch nur ein halb so aufwendiges Kostüm bekommen würde, war mir die Vorbereitung nur recht.

Simone begann mich auf dem Rücken einzuseifen. Ihre Gummihände streichelten zärtlich über meine Haut. Als ich mich zu ihr umdrehte, spürte ich etwas Unerwartetes zwischen meinen

Beinen. Diese Simone war ein Simon! Ein recht stattlicher Schwanz
suchte seinen Weg zu meiner Lustgrotte.

Sie nahm mir die Dusche aus der Hand und zog mich an sich heran.
Meine Hände glitten über Simones Gummihaut und ich wurde
richtig heiß. Als ihr steifer Penis in mich eindrang, drückte sie den
Brausekopf an mein Poloch. Ohne Gegenwehr ließ ich es
geschehen, in diesem Moment war mir alles egal.

Dieter hatte mir genau beschrieben, welche Vorbereitungen Petra
brauchte. Ich sollte ihr die Tablette geben und wenn sich die
Gelegenheit ergab, auch noch ein Klistier. Die Gelegenheit war
günstig. Ich zog mich ebenfalls aus und stieg zu ihr in die Dusche.
Dieter hatte mir erzählt, daß Petra keine Gelegenheit zum Sex
ausließ und ich sah meine Chance gekommen. Dieter hatte Recht
behalten. Petra zögerte nur kurz und ließ sich dann von mir
einseifen, im wörtlichen wie im bildlichen Sinne. Als sie dann mein
steifes Glied bemerkte, schloß sie die Augen und drängte sich
bereitwillig an mich. Als ich in sie eindrang, drückte ich den
Duschkopf an ihren Hintern. Es schien sie richtig wild zu machen,
kein Anzeichen von Gegenwehr, willig ließ sie das Wasser in ihren
Darm fließen, während ich sie fickte. Erst als ihr Bauch sich
merklich aufblähte, nahm ich den Brausekopf weg und gleichzeitig
mit ihrem Orgasmus schoß der Einlauf aus ihr heraus. Sie nahm
jedoch kaum Notiz davon und hielt mich immer noch fest.

Ich half Dieter nun bei den Vorbereitungen. Wir holten aus dem
Auto eine große Aluminiumkiste und brachten das Ganze in Petras
Garderobe. Aus dem Badezimmer drangen bekannte Geräusche an
meine Ohren. Wie es schien, war Petra kein Kind von Traurigkeit
und wurde gerade von Simone durchgevögelt.

„Petra wird in den ersten Tagen nur die Grundausstattung angelegt
bekommen, das heißt, nur Körperteile und Hinterkopf. Hände, Füße
und Gesicht werden erst später verkleidet. Trotzdem wird es ihr
nicht möglich sein, die einmal angelegten Teile auszuziehen."
„Werden diese verklebt?"
„Nein, die Nahtstellen sind so konstruiert, daß Nut und Feder fest
ineinander einrasten. Natürlich werden wir Petra davon nichts
sagen. Mal sehen, wann sie es herausbekommt."
„Was ist das denn für ein Material, aus dem ihr Kostüm ist?"

„Dr. Simon hat einen Kunststoff entwickelt, der auf der Haut extrem
glatt ist. Obwohl das Material sehr dünn und weich ist, ist es kaum
dehnbar und fast unzerstörbar. Wird es jedoch mit der richtigen
Chemikalie benetzt, verliert es jede Flexibilität und zieht sich dabei
stark zusammen. Wir werden diese Chemikalie zu Anfang nur im
Taillenbereich anwenden. Hier kann in Abständen die Anwendung
wiederholt werden. Sollte man meiner Meinung nach sowieso
machen. Ich überlege, ob es nicht sinnvoll ist, Korsagen aus diesem
Kunststoff anzubieten."

„Wann wird Petra die restlichen Teile bekommen?"
„Ich denke, so ein bis zwei Tage vor der Premiere. Sie wird
irgendwann versuchen, sich von dem Kostüm zu befreien. Dann
wäre eigentlich der richtige Zeitpunkt."

Inzwischen hörte das Wasserrauschen im Bad auf und Simone kam
mit einer nackten Petra zurück in die Garderobe.
„Keine falsche Scham, für das Kostüm müssen Sie sowieso nackt
sein. Ich habe schon ein wenig vorbereitet."
Petra nahm ein Plastikteil zur Hand und befühlte es kritisch.
„Schön glatt ist es. Es ist bestimmt sehr angenehm zu tragen."
„Ja, das kann ich nur bestätigen. Wir haben dieses Material extra
für lange Tragezeiten entwickelt. Auf der Haut wird es sanft gleiten
und übt eine konstante Stimulierung aus."

Ich mußte mir eine Bemerkung verkneifen, als Dieter von
extralangen Tragezeiten sprach. Wenn Petra wüßte ...

„Womit fangen wir an?"
Petra sah mich fragend an.
„Ich denke, mit dem Höschen."
Dieter reichte Petra das Höschen, die jedoch stutzte, als sie die
zwei Plastikröhren im Inneren bemerkte.
„Die sind nur aus Hygienegründen vorgesehen. Es ist Ihnen doch
nicht unangenehm?"
Petra wurde nun doch leicht rot und stotterte etwas von ‚Nein,
nein'.

Simone half Petra beim Anziehen. Als die hintere Röhre fast am
Anus anlag, cremte sie schnell den Schließmuskel ein. Petra
stöhnte leise auf, als das Rohr den Schließmuskel dehnte. Mit dem
vorderen Teil hatte sie keine Probleme.
„Es ist ein wenig groß, findet ihr nicht?"
Petra steckte beide Daumen in den Hosenbund und zeigte uns, wie
viel Platz noch war.
„Das Material ist zwar sehr weich, doch es läßt sich nur wenig
dehnen. Wir werden später dafür sorgen, daß es enger wird. Doch
erst einmal ziehen wir Ihnen die anderen Teile an."
Teil für Teil wurde aus der Kiste genommen, bis Petra von den
Waden bis zum Hals in Plastik gekleidet war. Bei jedem Teil war
deutlich zu hören, wenn die Verzahnung in die Nut des vorherigen
Teils einrastete. Petra schien sich dabei jedoch nichts zu denken.
Die letzten beiden Teile, die Petra heute schon angezogen bekam,
waren zwei der Kopfteile. Zuerst das hintere Teil. Während Dieter
die Seiten auseinander zog, drückte ich im Nacken die Feder in die
Nut. Ich achtete dabei darauf, daß ich keine Haare einklemmte.
Glücklicherweise hatte sie einen modischen Kurzhaarschnitt. Als ich
fertig war, ließ Dieter langsam los und führte die Ohrteile exakt in
die Ohrmuscheln von Petra. Das langwierigste war das Durchziehen
ihrer blonden Haare. Dieter brachte noch das vordere Halsteil an,
dann bat er mich und Simone etwas zurückzutreten. „Ich werde Sie
nun dort, wo der Anzug zu weit ist, einsprühen. Erschrecken Sie
nicht, der Kunststoff wird sich zusammenziehen. Atmen Sie tief ein,

ziehen sie den Bauch ein und halten bitte die Luft an. Es wird nur wenige Augenblicke dauern."
Petra folgte jeder unserer Anweisungen. Das Plastik zog sich dort, wo Dieter sprühte, deutlich sichtbar zusammen. Petra posierte mit vom Körper abgehaltenen Armen und drehte sich langsam um sich selbst. Dieter konnte es nicht lassen und sprühte auch den Oberkörper vorsichtig ein und auch ein wenig den Hals. Als er aufhörte, lag der Kunststoffpanzer nicht nur eng an, Petra hatte auch eine sehr schmale Taille bekommen.

Sie ging zu einem großen Spiegel und bewunderte sich darin.
„Wow, ist ja irre. Das Plastik ist nun zwar ein bißchen hart, aber es sieht super aus. Ich könnte mich auf Dauer daran gewöhnen."
„Ich glaube, daß Sie es nach der Premiere gerne wieder ausziehen wollen. Auf die Dauer kann es doch recht unangenehm sein."
„Kann ich mir zwar noch nicht vorstellen, aber wahrscheinlich haben Sie Recht."
"Das kann ich Ihnen sogar garantieren."
Dieter warf mir dabei einen bedeutsamen Blick zu.

Petra kam strahlend auf mich zu und umarmte mich leiden-schaftlich, wie sie es schon lange nicht mehr getan hatte. Fast hatte ich das Gefühl, es sei nichts geschehen.
„Dieser Dieter ist ein wahrer Künstler. Schau, welch tolle Figur ich in dem Kostüm habe."
„Sieht nicht schlecht aus."
Ich betrachtete sie näher und stellte fest, daß die Jeans um ihre Taille schlabberte.
„Willst Du nicht mal das gesamte Kostüm sehen? Ich würde es Dir gerne zeigen."
Sie nahm mich bei der Hand und zog mich von der Bühne. Der Bühnenarbeiter mit dem ich gerade noch im Gespräch war, winkte ab und meinte, es sei später noch Zeit die Aufbauten zu be-sprechen. Wir hatten hier im Theater einige kleine Gästezimmer für auswärtige Künstler. In eines davon zog mich nun Petra. Sie zog sich schnell alle Sachen aus und stand dann nur mit dem Kunststoffkostüm vor mir. Sie hatte wirklich eine Traumfigur.
„Nun Maik, wie gefällt es dir?"
Sie drehte sich langsam um die eigene Achse und ließ sich dann aufs Bett fallen.
„Nicht schlecht. Wirklich nicht schlecht. Doch viel Spaß werden wir nicht haben." Ich deutete auf die recht großen Plastikröhren in ihrem Schritt.
„Warte, Dieter hat mir da was gegeben."
Sie holte aus einem kleinen Plastikbeutel etwas Schwarzes. Es war ein Höschen, das sie schnell anzog.
„Genau an den richtigen Stellen sind Einsätze. Dieter sagte, du mußt nur etwas Gleitmittel nehmen, dann hast du die schönsten Gefühle dabei."
Sie hielt auch gleich eine Tube in der Hand, aus der sie in die künstliche Vagina ein glasklares Gel drückte. Anschließend verrieb sie es.

„Komm, fick mich. Fick deine kleine geile Schaufensterpuppe."
Ich spürte ihren Körper wie selten zuvor. Das Plastik war so
angenehm glatt und mein Glied wurde von dem Gummieinsatz
verwöhnt. Bereits nach wenigen Stößen spritzte ich ab.
Petra schien jedoch keine Erlösung gefunden zu haben. Während
ich noch schweratmend neben ihr lag, versuchte sie sich mit der
Hand selbst zu befriedigen. Einige Minuten später gab sie frustriert
auf.
„So ein Mist, ich bin total geil und empfinde in diesem blöden
Kostüm rein gar nichts."
Ich drehte mich von ihr weg, damit sie mein breites Grinsen nicht
bemerkte. Es war schon toll, was Dieter da so gezaubert hatte.

Die nächsten Tage verliefen eigentlich ganz normal. Dieter war mit
Bernd wieder abgereist, Natalie bewohnte mit Simone ein
Gästezimmer, ich war im Streß wie vor jeder Premiere, nur Petra
ging es schlecht. Sie lief herum wie eine rollige Katze. Wenn sie
sich unbeobachtet fühlte, gingen ihre Hände in den Schritt, nur um
festzustellen, daß keine Linderung möglich war.

Abends hatte ich den schönsten Sex aller Zeiten. Petra war williger
als je zuvor. Wir hatten in den letzten Tagen mehr Sex, als in den
letzten zwölf Monaten. Mit jedem Mal wurde sie jedoch wütender
und frustrierter. Nach drei Tagen war sie kaum noch zu ertragen.

Sie sagte mir, daß sie in die Stadt fahren würde. Ein wenig
shoppen, um sich auf andere Gedanken zu bringen. Ich wußte nur
zu gut, was sie vorhatte. Trotzdem ließ ich sie gehen. Ihr Freund
konnte ihr nun auch nicht mehr helfen. Ich besuchte inzwischen
Simone und Natalie. Simone konnte plötzlich doch sprechen. Sie
sagte, daß Bernd dies ein- bzw. ausschalten könne. Natalie
hingegen sei für immer stumm. Simone zog mich in Richtung des
Bettes und bevor ich mich versah, lag ich zwischen den beiden.
Während ich in Natalie eindrang, bedrängte mich Simone von
hinten. So intensive Gefühle hatte ich noch nicht erlebt.

Ich hielt es in diesem Kostüm einfach nicht mehr aus. Maik hatte
den Sex seines Lebens und ich wurde immer frustrierter. Nicht ein
einziges Mal kam ich zum Höhepunkt. Ich hoffte, Micha könne mir
helfen. Wir hatten uns in einer kleinen Pension verabredet.

Er nahm mich sofort in die Arme. „Gut siehst du aus."
„Ich fühl mich aber nicht so. Seit ich dieses blöde Kostüm an habe,
laufe ich rum wie eine rollige Katze."
„Laß uns mal sehen. Warum ziehst Du es nicht aus?"
„Geht nicht. Ich darf es erst nach der Premiere auszuziehen."
„Wer sagt das ?"
„Dieser Typ, der das Kostüm angefertigt hat. Ich hab beim
Anziehen die tollsten Gefühle gehabt, und freute mich schon auf die
Zeit mit dem Kostüm. Er sagte, daß ich froh sein werde, wenn ich
das Kostüm nach der Premiere nicht mehr tragen müsse."
„Komm, zeig mir mal das Kostüm."

Langsam zog ich mich aus. Die Jeans wurde eh nur durch den Gürtel gehalten. Meine Taille war so schlank wie schon seit Jahren nicht mehr.
„Ich habe auch das Gefühl, daß das Kostüm inzwischen enger geworden ist. Zuerst dachte ich, daß ich es mir einbilde, aber die Bewegungsfreiheit meiner Arme hat deutlich abgenommen."

Micha tastete vorsichtig meinen Körper ab. Er versuchte an meinem Hals einen Finger unter das Kostüm zu bekommen, scheiterte jedoch. Dann nahm er sein Taschenmesser und versuchte damit das Kostüm am Arm aufzuschneiden. Doch auch das ging nicht.
„An dem Messer kann es nicht liegen. Das ist sauscharf. Was ist denn das für ein komisches Plastik?"
Er versuchte es jetzt mit mehr Kraft, rutschte dabei jedoch ab und schnitt sich in den eigenen Arm.
„Verdammte Schei...."
Ich nahm seinen Arm und besah mir die Wunde. „Besser du gehst damit zum Arzt. Das sieht ganz schön tief aus."
Er machte statt dessen noch einen Witz.
„Wenn ich auch so ein Kostüm angehabt hätte, wäre gar nichts passiert."
Irgendwie mußte ich darüber dann doch lachen.
„Paß auf, du gehst jetzt erst mal zurück ins Theater und ich komme heute Abend dann auch. Maik hat mir eine Rolle angeboten. Bist Du sicher, daß er nichts von uns weiß?"
„Ganz sicher. Ich habe es in den letzten Tagen ausgiebig getestet. Er ist zwar auch Schauspieler, aber wenn er etwas vermuten würde, hätte er nicht so viel Sex mit mir gehabt. Glaub mir."
„Gut, dann bis heute Abend. Und ich geh doch besser mal ein Pflaster besorgen."

Mir war klar, daß Petra inzwischen versucht hatte, sich aus dem Kostüm zu befreien. Also rief ich Dieter an. Dieser brachte auch gleich noch ein Kostüm für Micha mit. Micha hatte die angebotene Rolle nur zögerlich angenommen. Er war unsicher, ob ich etwas wußte. Wir hatten uns heute Abend verabredet, um seine Rolle zu besprechen und die Gage zu verhandeln. Ich wußte, ich konnte mich auf ihn verlassen.

Petra war am späten Nachmittag zurückgekommen. Sie ließ sich nichts anmerken, ging mir jedoch aus dem Weg. Das war der letzte Beweis, den ich brauchte, war ich doch in den letzten Tagen unsicher geworden, ob ich ihr nicht doch unrecht tun würde.

Mit Micha ging ich in die Kulisse. Ich erklärte ihm, wie ich mir alles vorstellte. Er war ein aufmerksamer Zuhörer. Dann gingen wir in mein Büro. Ich machte uns einen Kaffee und wir besprachen den Vertrag. Er wußte zu diesem Zeitpunkt noch nicht, dass er ihn nie unterzeichnen würde. Ich hatte sorgfältigst darauf geachtet, daß außer mir nur Petra und natürlich Dieter gesehen hatten, daß Micha hier eintraf. Die Droge in seinem Kaffee wirkte schnell. Mitten im

Satz sank er in sich zusammen. Ich zog seinen schlaffen Körper vom Stuhl und legte ihn auf dem Boden ab. Dann gab ich über mein Handy Dieter das vereinbarte Signal. Alles Weitere ging dann sehr schnell.

Als mein Handy klingelte wußte ich bereits, was los war. Ein Blick auf das Display und ich war auf dem Weg zu Maiks Büro. Die nötigen Utensilien hatte ich bereits vor Stunden dort deponiert.

Uns war klar, daß Micha sich nicht so einfach wie Petra einkleiden lassen würde. Wahrscheinlich hatte er heute Mittag bereits versucht, seiner Geliebten aus dem Kostüm zu helfen. Er hatte also Verdacht geschöpft und war gewarnt. Deshalb die K.O.-Tropfen.

Wir zogen Micha schnell aus und legten ihm Stück für Stück der Kunststoffrüstung an. Die für ihn vorgesehene Hose war natürlich anders. Für den Penis war eine Hülle vorhanden, die innen scharfe Stacheln hatte. Sollte sich bei ihm etwas regen, würde er keinen Spaß dabei haben. Die Hülle war jedoch chemisch so behandelt, daß sie immer flexibel bleiben würde. Die eigentlich nötige Darmreinigung würden wir später durchführen. Vorsichtshalber hatte ich eine Rolle Papiertücher zur Hand und eine Plastikfolie ausgelegt. Nach nicht einmal einer halben Stunde war Micha bis auf ein Teil komplett verpackt, genau wie das Mädchen, an dem Dr. Simon ihre Erfindung demonstriert hatte. Die Ballettstiefel, die für Micha vorgesehen waren, hatten jedoch keine Absätze, statt dessen konnte in die Fußsohle ein Metallwinkel eingehangen werden, der ihm das Stehen erleichterte. Als er erwachte, war er bereits geknebelt und in dem inzwischen geschrumpften Kunststoff-kostüm fast bewegungsunfähig gefangen. Da Maik seine Augen sehen wollte, wenn er mitbekam, was geschehen war, setzte ich das Gesichtsteil erst jetzt auf. Die Gesichtsmaske zeigte ein lächelndes Frauengesicht. Maik war der Ansicht, ein bißchen weniger Bauch könnte es noch sein, so daß ich diesen Bereich nochmals besprühte. An den einsetzenden Zuckungen von Micha war deutlich zu erkennen, wie unangenehm es inzwischen war. Doch nun zu Petra...

Eigentlich hätte Micha längst hier sein müssen, doch keiner hatte ihn gesehen. Ich lief ein wenig unruhig durch das Theater als mir Dieter begegnete.

„Sie hatten übrigens Recht damit."
„Recht mit was ?"
„Daß ich es kaum erwarten könne aus dem Kostüm wieder heraus zu kommen. Was ist das eigentlich für ein Kunststoff? Er scheint recht haltbar zu sein."
„Eigentlich fast unzerstörbar. Wieso fragen Sie?"
„Um ehrlich zu sein, ich habe heute Mittag versucht, mit einem Messer ...."
„Und sind gescheitert. Mit einem Messer geht es nun wirklich nicht.

Das Beste wird sein, Sie ziehen erst mal den Rest vom Kostüm an. Bis zur Premiere ist es ja nicht mehr lange."
„Ich bin doch nicht so blöd und ziehe noch mehr von diesem Zeug an, wenn ich nicht weiß, wie ich wieder rauskomme."
„Ich denke, da gibt es zwei Argumente: 1. Sie wollen doch die Königin spielen und 2. Sie möchten doch, daß ich ihnen dabei helfe."
„Maik wagt es nicht, die Rolle mit einer anderen zu besetzen."
„Da seien Sie sich mal nur nicht so sicher. Also, was ist nun? Ganz oder gar nicht."
„Na dann gar nicht."
„Dann gehen wir in ihre Garderobe und ich will sehen, was ich tun kann."
Ich folgte ihr in ihre Garderobe. Dort wartete bereits Maik auf uns. Ich hatte mir vorgenommen, zuerst mit dem Knebel anzufangen. Friedlich würde es sowieso nicht abgehen. Maik nahm Petra in den Arm. Sie bat ihn darum, das Kostüm ausziehen zu dürfen.
„Da ist ein kleines Problem. Weißt Du Petra, ich habe dieses Kostüm extra anfertigen lassen. Es wird das letzte Kostüm sein, daß Du jemals anziehen wirst. Es kann nämlich nicht wieder ausgezogen werden."
Petra rang um ihre Fassung. Sie heulte schließlich los und Maik hielt sie dabei fest im Arm. Als ich mit dem vor Klebstoff triefenden Knebel bereit stand, hielt Maik Petra die Nase zu, ich führte ihr das Schlundrohr schnell ein. Sie wehrte sich kaum. Zum einen war der Kunststoffanzug inzwischen wirklich enger geworden, zum anderen spielten ihre Gefühle verrückt.

Maik gab ihr noch einen letzten Kuss auf die Stirn, dann drückte ich das Gesichtsteil fest. Petras Gesicht war geschminkt wie bei einer chinesischen Puppe, mit weit geöffneten Augen und rosa Wangen. Der Mund war insgesamt sehr klein und die Öffnung des Schlundrohres war kaum erkennbar. Lediglich der Abstand vom Kinn bis zur Nase stimmte nicht, dieser war durch den Knebel viel zu weit. Zuletzt verschloß ich noch Petras Ohren. Hören war ein Luxus, dem sie nie wieder frönen würde.

Die Plastikschuhe hatten eine Besonderheit. Auf der Innenseite war ein feinmaschiges Metallnetz angebracht, welches mit der ebenfalls aus Metall gefertigten Schuhspitze verbunden war. Dies war für die Theateraufführung von Bedeutung. Doch dazu später mehr.

Die Schuhe wurden nach Verbinden mit dem restlichen Anzug eingesprüht und lagen nun eng und nahtlos an. Auch Petra würde nur noch auf Zehenspitzen gehen können. Maik hatte jedoch gesagt, für Petra sei dies kein Hindernis, schließlich hätte sie eine klassische Ballettausbildung gehabt. Trotzdem war ihr anzumerken, daß das Laufen in den inzwischen viel zu engen Schuhen ihr Ungemach bereitete.

Dann war Premiere. Das Theater war bis auf den letzten Platz ausverkauft. Die Schauspieler waren auf ihren Plätzen und ich saß zwischen Bernd und Maik.

Petra trug über dem Kunststoffkostüm ein sehr knappes Tanzkleid aus weißem Latex und auf dem Kopf eine wunderschöne Krone. Zu klassischer Musik tanzten die Figuren auf dem Schachbrett.

Petra verhielt sich genau so, wie das Stück hieß:

Die suchende Königin

Sie suchte, und zwar ihren Weg auf der Bühne. Sie sah in dem Kostüm fast gar nichts und das Hören war durch die verschlossenen Ohren auch unmöglich. Trotzdem fand sie schnell heraus, wo sie sich hinbewegen sollte. Im Schachbrett waren Kupferleitungen eingearbeitet, durch die einzelne Felder elektrisch aufgeladen werden konnten. Stand Petra auf einem falschen Feld, so erlitt sie erst ganz schwache Stromstöße, die aber, wenn sie sich nicht rechtzeitig auf das richtige Feld bewegte, schnell an Intensität zunahmen. Die Stromstöße nahmen in Richtung des richtigen Feldes wieder ab, so daß sie sich daran orientieren konnte. Erschwerend kam natürlich hinzu, daß die anderen Schauspieler von alledem nichts wußten und daher oft im Weg standen.

Das Publikum war jedenfalls begeistert, auch die Tagespresse schrieb in höchsten Tönen von der Aufführung und Petra war in einer Großaufnahme auf dem Titelblatt.

Micha war auf der Premierenparty neben Petra die große Attraktion. Vor allem bei einigen weiblichen Gästen war er sehr beliebt. Sein steil abstehender Kunststoffpenis reizte einige Damen zu recht frivolen Spielen in abgelegenen Winkeln des Theaters. Für Micha sicher alles andere als angenehm...

Petra indessen war auch von Zeit zu Zeit verschwunden. Nur zu gut konnte ich mir vorstellen, daß einige Gäste ihren Spaß hatten. Natürlich dachte niemand daran, daß Petra permanent in ihrem Kostüm gefangen war. Jeder der Gäste hielt es für eine gelungene Verkleidung. Petra wurde jedoch von Stunde an immer geiler, ohne Chance auf eine Erlösung ...